DES MÂLES À TOMBER

DES MÂLES INOUBLIABLES - LIVRE 3

VANESSA VALE

Copyright © 2018 par Vanessa Vale

Ceci est une œuvre de fiction. Les noms, les personnages, les lieux et les événements sont les produits de l'imagination de l'auteur et utilisés de manière fictive. Toute ressemblance avec des personnes réelles, vivantes ou décédées, entreprises, sociétés, événements ou lieux ne serait qu'une pure coïncidence.

Tous droits réservés.

Aucune partie de ce livre ne peut être reproduite sous quelque forme ou par quelque moyen électronique ou mécanique que ce soit, y compris les systèmes de stockage et de recherche d'information, sans l'autorisation écrite de l'auteur, sauf pour l'utilisation de citations brèves dans une critique du livre.

Conception de la couverture : Bridger Media

Création graphique : Deposit Photos: ysbrand; Period Images

OBTENEZ UN LIVRE GRATUIT !

ABONNEZ-VOUS À MA LISTE DE DIFFUSION POUR ÊTRE LE PREMIER À CONNAÎTRE LES NOUVEAUTÉS, LES LIVRES GRATUITS, LES PROMOTIONS ET AUTRES INFORMATIONS DE L'AUTEUR. ET OBTENEZ UN LIVRE GRATUIT LORS DE VOTRE INSCRIPTION !

livresromance.com

PROLOGUE

J'étais heureux pour Duke et T. Très heureux qu'ils aient trouvé leur femme. Duke et Jed pouponnaient Kaitlyn comme si elle était de la porcelaine fragile. Tucker et Colton en avaient pour leur argent avec Ava. Leur amour fou avait été instantané. Comme notre père nous avait dit que cela se produirait. Cela ne voulait pas dire que je n'étais pas jaloux. Si ces cons pouvaient se trouver une femme qui non seulement les appréciait, mais qui tombait aussi amoureux d'eux, alors ils savaient qu'il valait mieux ne pas la laisser s'en aller. Sauf que je n'allais pas revendiquer une femme avec un seul de mes meilleurs amis. Non, j'avais ce besoin tordu de la partager avec mes deux meilleurs amis. Je m'étais dit que cette femme ne ferait jamais apparition. Quelle femme voudrait s'occuper de *trois mecs* ? Si elle existait, alors je ne l'avais jamais vu auparavant.

Ou du moins, c'était ce que je m'étais dit...

1

ARKER

« Doucement. Je ne vais pas te faire de mal, » murmurai-je avec ma voix la plus douce.

J'avais le regard fixé sur un chien marron qui avait l'air d'être sur le point de déguerpir. Il n'avait aucun endroit où aller dans une telle prairie. Il n'y avait que des champs à perte de vue. Il semblait être un gentil chien et avait sûrement faim. Je me demandai où il pourrait trouver de l'eau en regardant autour de moi. Dans un ruisseau ? Il y avait des peupliers au loin ce qui signifiait qu'il y avait de l'eau, mais quand même. Un sale type l'avait sûrement abandonné sur le bord de la route.

Ses yeux marrons rencontrèrent les miens, alors que son corps était immobile et que ses muscles étaient tendus et tremblaient.

« Est-ce que tu veux un bout de sandwich ? Je peux partager. »

Je reculai doucement afin qu'il ne s'enfuît pas — je ne pouvais pas le laisser là et je ne voulais pas lui courir après — je sortis mon sandwich au jambon emballé dans du papier.

Après en avoir déballé la moitié, je la jetai vers lui. Il fit un bond en arrière puis la renifla.

Je me déplaçai vers la porte arrière de ma voiture de patrouille et je jetai l'autre moitié sur le siège en plastique de la banquette arrière. Il n'était pas un prisonnier mais il avait besoin d''un bain avant de pouvoir s'asseoir à l'avant.

Je m'adossai contre le côté du 4x4 et détournai le regard pour ne pas lui faire peur. Du coin de l'œil, je le vis hésiter puis s'approcher sur la pointe des pieds prudemment du sandwich et l'engloutir. Il renifla l'air en relevant la tête. Il n'était pas bête et savait exactement où se trouvait l'autre moitié. Je devais simplement espérer qu'il était assez intelligent pour grimper dans la voiture pour le manger.

Il l'était. Il sauta à l'arrière pour prendre le reste de son en-cas. Je fermai la portière et fis le tour de la voiture jusqu'au siège conducteur, puis m'installai au volant.

« Pam, je suis sur la route départementale 7 et j'ai ramassé un chien errant. Il a faim. Je pense qu'un vétérinaire devrait le voir, dis-je dans la radio de la police.

— Il y a un cabinet sur la quatrième avenue, à deux pâtés de maisons de l'avenue principale, » répondit-elle, sa voix métallique à travers le haut-parleur.

Je regardai à l'arrière du véhicule où le chien se léchait les babines. Il avait clairement apprécié le sandwich, plus que moi je ne l'aurais fait. Il s'assit sur le siège et me fixa. Il pencha sa tête sur le côté. Il semblait être en partie labrador, basset, un peu... Que savais-je des chiens mis à part que celui-ci était brun clair ? Je n'en avais jamais eu enfant. Il avait l'air heureux dans son coin ; c'était comme s'il avait souvent été dans une voiture et qu'il savait qu'il allait quelque part. Et qu'il n'était pas seul.

Ouais, je compatissais, mon vieux.

Cela faisait du bien d'être désirée, d'avoir quelqu'un qui prenne soin de vous — et par là, j'entendais quelqu'un qui me plaque contre une porte ou qui me penche sur un lit quand je rentrais du boulot et qui me fasse oublier tous les coups de téléphone et toutes les comparutions devant le tribunal. Je voulais qu'il m'aide à me sortir de mon uniforme terne et qu'il me mette à nu. Je voulais qu'il prenne le contrôle pour que je puisse me soumettre à lui, lâcher prise, m'abandonner.

Bon Dieu, oui.

Et par *lui*, je voulais dire deux mecs car un seul n'était pas assez pour moi. J'avais besoin d'une part supplémentaire de domination, de cette puissance constante nécessaire pour ma libido déchaînée.

Je n'étais pas négligée —mon vibromasseur veillait à cela — ou abandonnée sur le bord de la route comme mon ami poilu qui me mesurait du regard. J'étais de retour dans ma ville natale, j'avais un nouveau travail, ma mère vivait à proximité et j'avais bien assez de batteries pour mon sex-toy que j'utilisais beaucoup... je n'avais pas à me plaindre. Mais même si je n'étais pas seule, je me sentais —*je* étant ma chatte —assurément un peu seule.

Cela serait bien que je mette la main sur une queue. Ou de préférence deux queues, car j'avais beaucoup à offrir. J'avais le sentiment d'être trop pour un seul homme parce que j'avais *beaucoup* à offrir. Ma mère disait que j'étais bien charpentée. Je me considérais plus comme une Amazone qu'autre chose. Je faisais un peu moins d'un mètre quatre-vingts et j'étais plus grande que la plupart des mecs de la ville. Quant à des muscles ? Ouais, j'en avais, ainsi que pas mal de rembourrage. J'avais des seins et un derrière volumineux. Il n'y avait pas beaucoup d'hommes qui étaient intéressés par ce package que j'avais à offrir. J'avais eu des petits-amis — j'étais loin d'être vierge —mais cela faisait un moment que je n'en avais pas eu un. Je n'acceptais pas n'importe qui et j'étais sans aucun doute difficile lorsqu'il s'agissait de choisir qui se retrouverait dans mon lit. Ou qui me presserait contre un mur.

Puis, il y avait le fait que j'étais le shérif du comté de Raines et venait avec cela une ceinture de fonction, une paire de menottes et une chemise d'uniforme qui me faisait plus ressembler à un homme qu'à une femme. Je n'étais pas du genre douce et timide. Je n'étais ni délicate ni menue. La plupart des hommes voulait porter la culotte et je n'étais pas amenée à porter des jupes pour mon travail. J'avais un jean, des bottes et la chemise d'uniforme. Et même une ceinture de fonction qui avait plus de gadgets que Batman.

Je soupirai. Le travail m'avait choisi et voilà où j'en étais. J'étais à Raines dans le Montana, dans le 4x4 du shérif avec un chien errant. Je doutais que j'allais trouver un homme, et encore moins deux, du moins pendant que j'avais ce travail. Je pensai à ajouter des batteries à ma liste de courses. J'allais en avoir besoin.

« Message reçu, » répondis-je en rangeant la radio et en me dirigeant vers la ville. Chaque jour était différent au travail. De la paperasse, du temps passé au tribunal, des contrôles routiers. Mince, il m'arrivait même de secourir un chien. Ce travail n'était pas ennuyeux, alors que j'étais dans une petite ville. Jusque-là, ce n'était pas mal. A la faculté de droit, je ne me serais jamais imaginée revenir dans ma ville natale. J'étais partie pendant dix ans et j'étais de retour depuis deux mois.

Je jetai un œil dans le rétroviseur et regardai le chien. Je voulais retrouver l'enfoiré qui l'avait abandonné, mais à la place, je me garai devant le petit cabinet vétérinaire. « Je vais entrer chercher une laisse, » lui dis-je en le regardant à travers la grille en métal qui était entre les sièges avant et arrière. L'une de ses oreilles se mit droite comme s'il écoutait attentivement. « Il est hors de question que je te coure après dans toute la ville. »

Je sortis de la voiture et entrai dans le cabinet. Une petite sonnette se trouvant au-dessus de la porte signala ma présence. Il n'y avait personne au comptoir, mais un homme s'approchait depuis un long couloir.

Pas n'importe quel homme. Merde alors.

Gus Duke.

Nous étions sortis ensemble —comme on disait à dix-huit ans— juste après avoir obtenu notre baccalauréat et durant presque tout l'été. Il avait été mon premier amour. Mon premier tout. Nous avions été chauds et passionnés, surtout lorsqu'il m'avait pris ma virginité dans son pick-up ; cela s'était passé tard un soir sur le bord d'une route poussiéreuse. Je lui avais aussi prise la sienne. Cela avait été intense —les sentiments, le désir que nous avions partagé cet été où il avait fait si chaud. Bon Dieu, j'avais eu *besoin* de ce que Gus m'avait donné et j'avais aimé chaque minute de ce qui s'était passé, de cet été torride.

Mais en grandissant, je m'étais rendue compte que ce que nous avions fait n'était pas assez pour moi. J'étais différente et j'avais des désirs sexuels inhabituels. C'était presque comme si je fonctionnais différemment. Je n'étais pas faite pour ce qui était conventionnel.

En me remémorant ce qui s'était passé, je me demandais si nous aurions pu faire plus que de baiser comme des lapins si nous avions eu plus de temps ensemble. Cela avait été chaud, rude et passionné entre nous deux. Mais fin août, nous étions tous les deux partis à l'université et nous n'avions jamais regardé en arrière. Oh, j'avais souvent pensé à lui. Et surtout à nos parties de jambes en l'air. Nous avions été des adolescents excités qui découvrions les orgasmes, mais pas les nuances qui pouvait amener à cela. J'avais mis des années à comprendre que c'était mieux quand l'on appuyait sur toutes les bonnes zones sensibles. Je me demandais si Gus saurait appuyer sur les miennes... ou s'il le souhaiterait. Surtout lorsque je me rendais compte qu'il ne serait pas assez, même en le fixant lui et sa beauté comme je le faisais maintenant.

Il avait été mignon à dix-huit ans. Canon. Et même sexy. Mais aujourd'hui, il était vraiment beau. Il avait toujours été grand —cela avait été l'une des choses que j'avais aimé chez lui, car il m'avait presque fait sentir petite — mais à vingt-huit ans il avait pris du poids, environ quinze kilos de muscles que l'on ne pouvait pas louper dans son jean étroit et avec la coupe de sa chemise.

Je l'avais vu une fois depuis que j'étais revenue. Il y avait eu un incident au ranch des Duke. Quelqu'un s'y était introduit et ils avaient appelé la police. Le frère de Gus, Tucker, gérait désormais les affaires, mais la famille entière avait été présente pour un pique-nique. J'étais de service de jour et m'y était rendue avec un adjoint, qui avait été prêt à calmer l'homme en question si nécessaire. Cela n'avait pas été le cas car ce salaud —j'avais pu confirmer qu'il en était un avec toutes les méchancetés qu'il avait hurlé durant tout le temps qu'il avait passé en garde à vue —était attaché comme une dinde de Noël quand nous étions arrivés. Je n'avais donc que fait un signe de la main à Gus pour le saluer — et en retour il m'avait fait un clin d'œil — avant d'emmener l'homme avec nous. Je n'avais pas eu l'occasion de le contempler.

Mais je pouvais le faire maintenant. Et je ne m'en privais pas.

Des cheveux foncés, tout comme ses yeux qui m'examinaient. La barbe était nouvelle —je doutais qu'il avait eu plus que quelques poils à dix-huit ans. Elle était coupée ras, mais je pouvais y voir une pointe de roux même de l'autre côté du hall. Il portait une chemise à carreaux avec un jean. Il avait aussi des bottes en cuir rigide. Il ne lui manquait plus qu'un chapeau pour compléter son apparence de cowboy, mais je savais qu'il en avait un car il l'avait porté lorsque je l'avais vu au ranch. Il n'avait pas l'air d'un vétérinaire, mais plutôt d'un mannequin pour le calendrier des cowboys sexy du Montana.

« Parker, » dit-il et rien d'autre. Son timbre grave m'atteint et durcit le bout de mes seins. Bon Dieu, un seul mot et j'avais déjà des ennuis.

Dix années venaient de s'évaporer et j'étais à nouveau cette fille qui en pinçait pour le jeune et sexy Duke.

J'avais l'équivalent de dix années à lui raconter, mais je ne savais pas du tout par où commencer.

Est-ce que tu veux que nous reprenions là où nous nous sommes arrêtés ? Si je me souviens bien, j'étais nue sur le siège arrière de ton pickup pendant que tu m'écartais gaiement les jambes. Peut-être que nous pourrions le faire sur un lit, cette fois ? Et amène un ami !

C'était les pensées de ma chatte et elle n'était pas aux commandes. Du moins pas encore, et donc je montrai avec mon pouce ce qui se trouvait derrière mon épaule.

« Gus. Je... euh, j'ai trouvé un chien errant. Il est dans ma voiture. Je me suis dit que tu pourrais l'examiner. »

Il se dirigea vers le crochet sur le mur où pendaient quelques laisses et en prit une.

« Bien sûr. Allons le chercher. »

Il m'escorta hors de la clinique en laissant la porte ouverte derrière lui. L'air était sec et il faisait chaud, compte tenu que l'automne approchait. Je marchais vers le 4x4, Gus derrière moi. Je le surpris en train de regarder mes fesses quand j'ouvris la porte arrière. Il me fit un grand sourire. Il n'avait pas du tout honte que je l'aie vu. Ouais, il n'avait pas vraiment changé.

Avant que Gus ne puisse lui mettre la laisse, le chien bondit hors de la voiture, se dirigea en petite foulée vers un petit buisson, puis il urina à côté avant de continuer sa route jusque dans le cabinet vétérinaire.

Gus le regarda faire et secoua doucement la tête. « Je suppose qu'elle ne va pas être difficile.

- Elle ? demandai-je, fixant l'intérieur de la clinique comme si je pouvais toujours voir le chien. Je pensais qu'il s'agissait d'un *il*. »

Il jeta un coup d'œil vers moi, son sourire toujours intact sur ses lèvres pulpeuses — des lèvres que je me souvenais très bien avoir embrassé — et il arqua un sourcil. « *Elle* s'est accroupie pour faire pipi. Elle n'a pas levé la jambe. »

Cela avait du sens. « Je n'ai pas pris le temps de vérifier son... châssis. »

Son sourcil froncé remonta davantage et ses lèvres se retroussèrent de cette manière attirante dont je me souvenais tendrement.

« Je me souviens de *ton* châssis. » Il fit un pas vers moi et je pus sentir son odeur. Il sentait le savon et les champs et il avait cette odeur familière qui n'appartenait qu'à lui. « Dis-moi, pixie, as-tu toujours ce petit grain de beauté sur l'intérieur de la cuisse droite ? Juste à côté des jolies lèvres de ta chatte ? »

2

us

Parker tendit le bras et me couvrit la bouche avec sa main, tandis que je souriais contre sa paume. Ses joues étaient rouge vif, et j'étais certain que sa chatte était trempée à la façon dont ses yeux foncés s'étaient non seulement embrasés, mais carrément enflammés. Ouais, les premiers mots que je lui adressai après dix ans étaient au sujet de sa petite tâche de naissance que j'avais vu de très près. J'avais passé beaucoup de temps avec ma tête entre ses cuisses écartées, cet été-là. J'avais été le premier à les écarter, et je n'avais jamais oublié cet endroit idéal, ni d'avoir embrassé cette petite tâche, puis sa fente mouillée qui était tout près à sa droite.

Cela avait été simple entre nous deux. Bien sûr, nous avions fait les idiots et nous nous étions ridiculisés. La première fois que nous nous étions déshabillés ensemble, nous avions passé plus de temps à batailler avec nos vêtements qu'à baiser. Je doutais que j'avais duré plus d'une minute après avoir pénétré Parker. Mais elle s'était ouverte à moi, encore et encore, jusqu'à ce que je dure beaucoup plus longtemps et que je la fasse crier mon nom.

Je souris en pensant à quel point elle était passionnée. Elle était comme un pétard. Elle explosait quand cela commençait à chauffer. J'avais allumé sa flamme et l'avais tellement chauffé que pratiquement personne d'autre ne m'avait intéressé depuis. Mais cet été avait été court et la vie s'était interposée. Nous étions tous les deux partis à l'université. J'étais allé à une école vétérinaire et Parker dans une fac de droit. Nous étions des personnes déterminées qui faisaient tout pour obtenir ce qu'elles voulaient, et nous travaillions dur pour cela. Elle était celle qui m'avait échappé. J'en étais sûr et certain.

Mais elle était de retour désormais. Je l'avais aperçu la semaine précédente au ranch et il m'avait tout de suite tardé de la revoir et de reprendre là où nous nous étions arrêtés plusieurs années auparavant. Je voulais être profondément en elle et cette fois sans être maladroit. Et j'étais certain qu'elle me rencontrerait à mi-chemin. Je n'aurais pas à la persuader d'écarter les jambes. Elle s'allongerait sur mon lit et les ouvrirait en grand, excitée de partir pour une folle aventure.

Parker n'était pas une chose fragile. Oh que non. Je devais baisser le regard pour que nos yeux se rencontrent mais pas de beaucoup. Je voulais une femme qui pouvait prendre soin d'elle-même, mais qui pouvait aussi se soumettre et lâcher prise. Parker était très intelligente et elle avait une carrière. Elle pouvait se débrouiller sans un homme. Mais cela ne voulait pas dire que je ne voulais pas être l'homme dans sa vie. Ou l'un des hommes.

Avec le recul, il était évident qu'elle avait aimé les choses coquines que nous avions essayé après le lycée. Mais nous avions dix-huit ans et nous étions vierges. Nous ne savions presque rien, y compris ce que nous aimions dans le sexe hormis, tout simplement, baiser.

Désormais, j'aimais quand c'était rude et sauvage. Et j'aimais le faire souvent. Je voulais le faire avec Parker. Et avec de la chance, elle l'aimerait de la même manière. *Et* avec Kemp et Poe. Je devais simplement découvrir à quel point elle était intéressée par être avec trois hommes. C'était une chose de lire clairement son intérêt —du moins pour moi— sur son visage. C'était une autre chose de l'entendre le dire. Et c'était crucial.

J'aimais sentir sa main sur ma bouche. Elle était douce et chaude. Je pouvais sentir son odeur naturelle. Parker ne mettait pas de parfum. Elle se contentait de l'air pur, du soleil et de quelque chose qui était parfaitement *elle*. Je me mis à parler et elle retira sa main. « Je suis sûr que tu te souviens de *mon* châssis. Il est inoubliable. » Je me tapotai le torse et souris. « J'ai grandi depuis mes dix-huit ans. *Partout.*

- Oh mon Dieu, » dit-elle en secouant la tête et en levant les yeux en l'air.

Je ne pus m'empêcher de sourire car je retrouvais là la Parker enjouée dont je me souvenais. Mince, elle m'avait manqué. Ma queue gonflait rien qu'à l'avoir près de moi. Je voulais lui retirer son uniforme et la mettre à nu. Les menottes à sa taille pourraient se montrer utile pour les choses que nous pourrions faire ensemble.

Je n'avais pas besoin d'être subtil. Pas de dîner aux chandelles ni de séduction douce. Parker n'en avait pas besoin, si elle n'avait pas changé.

« Est-ce que tu te souviens de la fois où je t'ai fait te pencher sur le hayon de mon pick-up ? C'était la hauteur parfaite pour que je te baise. Si je me souviens bien, j'ai glissé mon pouce dans ton cul. »

Elle restait bouche-bée et je pouvais voir qu'elle s'en souvenait. Bien.

« Tu es comme ça avec toutes tes clientes ?

- Depuis quand tu es de retour en ville, pixie ? » demandai-je en la contemplant. Je le faisais d'une façon flagrante. Je voulais qu'elle sache que j'aimais ce que je voyais, et que j'avais remarqué qu'elle avait encore plus de formes que lorsque nous avions dix-huit ans. Si elle me fouillait, elle sentirait à quel point ma queue était dure pour elle. « Seulement avec toi. »

Elle rougit davantage en entendant cela, comme la jeune écolière dont je me souvenais. Elle était grande et avait de belles courbes. Elle était pulpeuse, avec des seins et un derrière trop gros pour une main, et elle avait des cuisses épaisses. Putain, j'avais tellement envie d'être à nouveau entre elles.

Ses cheveux lisses étaient tirés en arrière dans une queue de cheval au niveau de sa nuque. C'était pur et simple, mais cela ne faisait que mettre en avant à quel point elle était belle. Elle avait des pommettes hautes, une peau laiteuse qui rougissait très joliment, ainsi que des lèvres pulpeuses que je me souvenais avoir enveloppé ma queue.

Elle baissa le regard et je ne dis rien. Je lui laissai l'opportunité de me contempler. Je n'étais petit à aucun endroit. Comme je l'avais dit, j'avais grandi de *partout* depuis mes dix-huit ans. Et j'étais déjà grand à l'époque... grand comme le bras d'un bébé si je me souvenais correctement de ce qu'elle avait dit la première fois qu'elle avait posé ses yeux sur ma queue. Mais aujourd'hui... Je devais la ranger le long de ma cuisse afin de marcher confortablement. Et à cet instant, elle se transformait en tuyau en plomb. Je fis un grand sourire lorsque ses yeux s'écarquillèrent. Ouais, elle avait vu.

Je posai ma main dessus et appuyai en espérant pouvoir empêcher le liquide pré-éjaculatoire de jaillir. Tout serait pour Parker et je n'avais pas honte, mais je voulais qu'elle voie que j'arrivais plus à me contrôler que lorsque que nous étions adolescents.

Mais cela ne serait peut-être pas le cas avec elle les premières fois, jusqu'à ce que nous ayons couché ensemble plusieurs fois. Son regard se posa sur ma main gauche.

Eh oui, pixie. Je ne porte pas d'alliance. Je ne flirterais pas avec elle —ou n'importe quelle femme—si j'étais pris. Mince, j'*étais* pris. Par Parker. Elle ne le savait pas encore, tout simplement.

Elle se lécha les lèvres. « Je me souviens de toi. De comment c'était. Comment pourrais-je oublier ? Mais c'était il y a très longtemps. Je suis sûre que tu as un peu amélioré ta technique. Je sais que moi, oui. »

Amélioré ? Probablement. Je l'avais certainement affiné. L'idée qu'elle soit sortie avec d'autres mecs me donnait envie de tous les retrouver et de leur arracher la tête. Mais j'étais sorti avec d'autres femmes et je ne m'étais jamais attendu à ce qu'elle reste chez elle et qu'elle se languisse de moi, pendant que sa chatte était négligée. Mais une fois que je serais en elle, elle oublierait ces autres mecs, c'était certain.

Mais il était probable qu'elle me tuerait si elle s'était améliorée au niveau du sexe. Sa chatte avait été magique. Mais aujourd'hui... « Oh, pixie, cela fait trop longtemps. » Ma voix devint douce et calme alors que je l'appelai par le surnom que j'avais pour elle —elle était loin d'être une petite fée. Notre conversation avait changé de ton, passant d'un badinage enjoué à quelque chose... de plus intime.

Quelque chose qui datait de si longtemps, et pourtant c'était comme si une décennie entière ne s'était pas écoulée.

« Il y a un chien assis sur une chaise dans la salle d'attente.

- Bordel, qui est-ce ? » chuchota Parker en se penchant vers moi.

J'avais déjà vu Kemp donc je regardai Parker et observai la première impression qu'il avait sur elle. Ouais, je ne pouvais pas manquer l'intérêt sur son visage. Les femmes lançaient presque leurs culottes à Kemp car elles fondaient pour son attitude calme et son charme. Il était célibataire, ne vivait pas avec sa mère et avait un travail solide en tant que vétérinaire. C'était un bon parti, mais personne ne lui avait mis la bague au doigt. J'espérais que Parker le ferait.

Je jetai un œil vers lui et le vit se gratter la tête, clairement amusé par le chien. Il était aussi grand que moi, mais un peu plus mince. J'étais brun et lui avait des cheveux blonds et bouclés. Il portait comme d'habitude son tee-shirt noir et un jean. Aucun de nous ne portait la blouse courte et blanche de vétérinaire.

« La shérif a déposé notre toute nouvelle patiente, » lui dis-je, mais je regardais à nouveau Parker en la lui présentant. « Kemp, voici Parker Drew.

- *La* Parker Drew ? répondit-il avant de s'approcher.

- C'est moi, lui répondit-elle en tendant le bras pour lui serrer la main. Shérif temporaire. »

Oh que oui, j'avais parlé de Parker à Kemp et Poe. Elle était La Bonne. C'était ce que je m'étais dit après l'avoir revue au ranch, et désormais j'en étais certain. Rien que de la voir... elle était du genre à te donner un grand coup dans les couilles et en même temps elle était adorable. Tout cela combiné dans un corps magnifique, et j'étais sûr que Kemp était d'accord avec moi. Elle et moi avions vécu des choses ensemble, donc je pouvais lui dire des choses coquines sans me prendre une gifle. Non, Parker n'était pas du genre à mettre des gifles. Elle me mettrait un coup de genou dans les couilles et elle en ferait des boucles d'oreille par la suite. Cela n'arriverait pas, étant donné l'intérêt qu'il y avait dans son regard. Je pourrais parler de sa chatte et lui dire à quel point ma queue était dure pour elle. Cela ne la ferait pas fuir. Cela n'avait pas été le cas jusqu'à maintenant. Si Kemp le faisait, il aurait l'air d'être une vraie ordure. Mais je ne pouvais manquer de voir qu'il était intéressé.

« Soit, tu t'intéresses à la politique du comté et je suis tristement célèbre, soit cet homme ne cesse de parler de moi, dit-elle en me pointant du doigt.

- Je sais que la mairie a voté pour engager un remplaçant provisoire depuis que le shérif Hogan est décédé. Comme c'est un poste électif, ils ont décidé d'embaucher quelqu'un jusqu'au mois de Novembre, quand les gens pourront décider qui décroche la position. Cela sera le fils d'Hogan, Liam, ou Mark Beirstad. Ou bien toi. Tu es la remplaçante.

- C'est exact, confirma-t-elle.

- Mais c'est vrai que Gus n'a pas cessé de parler de toi, ajouta-t-il en lui faisant un clin d'œil. C'est sympa de rencontrer son ancienne petite amie. Celle qui lui a échappé. »

Parker se retrouva bouche-bée et me fixa avec ses grands yeux foncés. Je pouvais lire dans son esprit : *Celle qui t'as échappé ?* J'haussai les épaules et ne dis rien. Elle n'avait pas rompu avec moi. Et je n'avais pas rompu avec elle. Nous avions manqué de temps, c'était tout. Elle était partie pour le Vermont et j'étais allé dans le Minnesota. Nous avions tous les deux été concentrés et déterminés pour nos études et nous nous étions perdus de vue. Nous étions passés à autre chose. Jusqu'à aujourd'hui. Aujourd'hui, nous reprenions les choses là où elles s'étaient arrêtées. Mais cette fois, j'espérais que Kemp et Poe se joindraient à nous.

« Dis-moi ce qui ne va pas avec ta chienne. » Kemp tourna sa tête vers le bâtiment. Il était clair que Parker était heureuse qu'il ait changé de sujet. J'y étais allé fort et Kemp, même s'il n'avait pas été pas trop direct, était beaucoup à digérer pour une femme. Le fait que Parker ne pouvait s'empêcher de le contempler ne faisait que le prouver.

« Oh, il... enfin, *elle* n'est pas à moi. Je l'ai trouvé près de la route départementale 7. Je l'ai amené ici pour m'assurer qu'elle va bien. »

Il jeta un œil derrière lui où se trouvait la salle d'attente. « J'aimerais pouvoir abandonner le salaud qui l'a jeté comme une ordure pour voir comment il s'en sortirait sans nourriture, eau ou abri. » Il passa sa main sur sa nuque. « Elle n'a pas l'air d'aller si mal vu les circonstances, donc je pense qu'elle n'a pas dû être dans la nature pendant trop longtemps. » Il regarda Parker puis moi. « Je vais l'emmener dans une salle pour voir si elle a un traceur. »

Kemp se dirigea à l'intérieur et nous nous retrouvâmes seuls.

« Est-ce que l'intrus vous a causé des ennuis ? » demanda-t-elle comme pour essayer de causer de tout et rien.

Cela m'amusait. Je pouvais voir qu'elle était un peu gênée mais elle le cachait bien. C'était une ancienne amante. Même plus que cela. Parker n'avait pas été un coup d'un soir. Loin de là. Elle avait été mon premier amour et j'avais été le sien. Nous avions vécu beaucoup de premières fois ensemble. C'était un peu embarrassant de me souvenir de ce que nous avions fait ensemble. Nous avions essayé plusieurs positions dans mon vieux pick-up. Un sourire se forma sur mes lèvres car je me rappelais à quel point cela était sympa avec elle. De jouer, de découvrir. De savoir qu'elle ne m'avait pas vu sous mon meilleur jour.

Elle savait à quoi je ressemblais nu, à quoi je ressemblais quand j'avais un orgasme. Nous n'avions pas été très aventureux car il n'y avait pas eu beaucoup d'endroits où nous avions pu coucher ensemble. J'avais trois frères et sœurs et l'ambiance avait toujours été folle à la maison. Nous n'aurions rien pu faire dans ma chambre. Quant à chez Parker ? Je m'y étais introduit une fois par la fenêtre de sa chambre et nous avions dû être très silencieux car c'était une petite maison et les murs étaient fins. Et j'avais appris que Parker criait quand elle jouissait, et il n'aurait pas été bon que cela arrive avec sa mère à l'autre bout du couloir. Je savais qu'elle et sa mère étaient proches, mais pas à ce point.

Je passai distraitement ma main sur ma barbe, et elle me regarda faire comme si elle voulait être celle qui le faisait. « Tu en sais plus sur les chefs d'accusation que nous, mais nous ne l'avons pas revu. » Un enfoiré avait monté un coup contre le père d'Ava pour délit d'initié et avait voulu l'épouser pour obtenir le reste de l'argent de la famille. Ils en avaient énormément. Ce mec n'intéressait pas du tout Ava, même pas avant qu'elle tombe amoureuse de mon frère, Tucker, et de Colton Ridge. Le mec s'était pointé au ranch pour l'emmerder et cela avait énervé tout le monde. « Ava n'a plus à se faire du souci à son sujet. »

Outre le fait que la loi était du côté d'Ava, elle avait aussi toute la famille Duke ainsi que d'autres hommes comme Colton, Jed et les employés du ranch qui étaient là pour s'assurer qu'il n'y avait aucun danger pour elle. Elle prendrait peut-être le nom de Jed quand ils se marieraient, mais elle appartiendrait tout autant à Tucker. Elle serait quand même ma belle-sœur. Je ne savais pas à quel point Parker connaissait Ava, mais peut-être qu'elles s'étaient déjà rencontrées, surtout qu'Ava était la propriétaire du Seed and Feed et qu'elle le tenait.

« Les choses étaient un peu chaotiques ce jour-là, mais je voulais te parler, » ajoutai-je. Merde, bien sûr que j'avais eu envie de lui parler. Et pas seulement cela. J'avais seulement posé un regard sur elle après toutes ces années et j'avais eu envie de la jeter par-dessus mon épaule et de l'emmener dans un endroit privé afin que nous puissions à nouveau apprendre à nous connaître... de toutes les façons possibles. Par exemple, j'aurais aimé savoir si elle gémissait et si son corps se tendait toujours avant qu'elle jouisse. Ou si elle aimerait que je lui mordille l'épaule tandis que je la prendrais par derrière, comme un étalon le ferait avec une jument. J'aimerais la mettre à genoux et qu'elle engloutisse ma queue pendant que ses yeux foncés me fixeraient.

Mais elle avait été de service et je n'avais eu aucune intention d'interférer avec son travail. Après qu'elle avait été partie, j'avais dû m'en aller et me masturber dans la salle de bains comme un adolescent.

Elle avait amené le chien à la clinique en tant que shérif, par conséquent lui dire des obscénités n'avait peut-être pas été la meilleure chose à faire, mais je me disais que l'animal ne le dirait à personne.

Nous entrâmes dans la clinique en marchant et elle examina l'endroit. Kemp, Poe et moi nous étions rencontrés à l'école vétérinaire et avions décidé tôt d'ouvrir un cabinet ensemble. Nous l'avions fait deux ans auparavant. Nous avions racheté le bâtiment et le cabinet à une femme qui avait voulu partir à la retraite. Non seulement nous travaillions ensemble, mais nous revendiquerions aussi une femme ensemble. Cependant, jusqu'à ce que Parker ne revienne à Rainer, nous n'avions pas su qui serait cette femme.

Désormais, nous le savions. Je n'étais pas certain de ce qu'elle penserait du fait que nous voulions tous les trois la revendiquer. Mon plus grand frère, Landon —surnommé Duke bien que cela fut notre nom à tous— et Jed Cassidy entretenaient une relation avec la bibliothécaire de la ville et cela aurait dû provoquer un vif émoi. Ce n'était pas comme si ce que les gens pensaient leur importait, mais Kaitlyn ne voudrait pas perdre son travail à cause d'habitants coincés. Mais juste après qu'ils tombent complètement sous son charme, Tucker et Colton Ridge étaient tombés amoureux d'Ava, et ils lui avaient demandé de les épouser. Cela avait l'air d'importer peu aux gens de la ville. Mes parents s'en fichaient. Au contraire, ils étaient ravis à l'idée d'avoir des petits-enfants.

Je ne pensais pas aux enfants avec Parker... Je devais déjà la pénétrer à nouveau, mais vu comment la ville avait réagi face aux relations amoureuses de mes frères, elle pourrait toujours être shérif —je l'espérais— et être avec trois hommes sans que cela n'énerve personne. Mais son travail dépendait des votes —si son nom était sur le scrutin— et nous devions donc penser à son image. Mais maintenant, alors que je la fixais, ce que je voulais faire avec Parker ne regardait pas les habitants de la ville et personne n'allait m'arrêter.

« Un peu, » dit-elle avec un sourire, acceptant de discuter.

Je la fixais avec un regard vide pendant un instant, ayant oublié de quoi nous parlions. Ah oui, le fait qu'elle ait arrêté Perry le crétin au ranch.

« Dîne avec moi, » dis-je, ne voulant plus attendre. L'avoir en face de moi me donnait envie de l'attraper et de ne jamais la lâcher. Mais c'était bien, un dîner. C'était intelligent. D'abord nous parlerions, puis nous baiserions.

C'était mon cerveau qui pensait. Ma queue pensait l'inverse et c'était mieux. *Baisons maintenant, parlons après.*

Elle s'arrêta dans ses pas, se retourna et me regarda, puis elle ouvrit la bouche comme si elle allait dire —je l'espérais — oui.

« Pas de traceur, » dit Kemp en sortant de l'une des salles d'examen, sans se rendre compte qu'il venait en quelque sorte de casser mon coup. Et le sien aussi, en fait. La chienne était à ses côtés, la langue pendant hors de sa gueule comme si elle souriait. « Je lui ai fait passer un test et elle n'a pas non plus de vers. Il semble qu'on ait bien pris soin d'elle, jusqu'à ce qu'on l'abandonne au milieu de nulle part. Elle a un bon tempérament. Elle est aussi un peu déshydratée et un repas pourrait lui faire du bien.

- Je lui ai donné mon sandwich dans la voiture, » dit Parker.

Kemp sourit. Oh, ce sourire avait fait tomber beaucoup de dessous dans le passé. J'espérais que cela faisait au moins mouiller Parker.

« Alors tu dois avoir faim. Viens manger avec nous, lui proposa-t-il. Notre technicienne prend sa pause et nous sommes dans l'arrière-salle. »

Elle jeta un regard vers la radio à sa hanche. Etant donné qu'elle était silencieuse, ce n'était pas comme si elle devait s'en aller. « Cela me ferait du bien de manger. Merci. »

Ce n'était pas le dîner aux chandelles que je souhaitais, mais c'était immédiat et presque mieux car je n'étais pas encore prêt à ce qu'elle s'en aille. De plus, elle ferait connaissance avec Kemp et Poe.

Kemp nous guida au fond du couloir et je regardai Parker qui saisissait cette opportunité pour reluquer les fesses de Kemp. J'aurais dû être en colère qu'elle regarde un autre homme, mais cela ne me dérangeait pas. Du moins quand cet homme était Kemp. J'espérais que Parker était aussi coquine que moi, et voir qu'elle était intéressée par moi *et* Kemp me donnait de l'espoir.

La chienne trottait aux côtés de Parker, aussi heureuse que possible d'être avec elle. Cette chienne était intelligente.

« Nous avons une invitée pour le déjeuner, » dit Kemp en entrant dans la cuisine. Parker s'arrêta à la porte quand elle vit Poe, ne s'attendant clairement pas à voir un troisième homme.

Poe se leva et je regardai Parker lever la tête pour le regarder dans les yeux. Il était le plus grand de nous trois avec ses un mètre quatre-vingt-quinze.

Je l'entendis murmurer entre ses dents. « Oh merde. » Elle se tourna pour me regarder, un peu surprise et très rouge. « Qu'est-ce qu'il y a dans l'eau, ici ? »

Je ris, mis ma main sur son épaule et la poussai gentiment à l'intérieur de la cuisine. Notre déjeuner non-entamé —des tupperware contenant des restes, un sac avec des casse-croûtes, ainsi que des chips et des boissons—était éparpillé sur la table.

Poe essuya ses grandes mains sur son jean. « Salut. » Le timbre de sa voix était profond, ce qui pourrait facilement intimider quelqu'un, mais avec un peu de chance, le sourire qu'il fit à Parker le faisait paraître moins impressionnant.

Mais Parker n'était pas du genre à avoir facilement peur et elle lui retourna son sourire. « Je m'appelle Poe. Je suis le troisième vétérinaire de ce cabinet. »

- Comme Edgar Allen ? » demanda-t-elle en inclinant la tête sur le côté.

Poe fit un grand sourire. « Ma mère aimait la poésie sombre.

- Moi, c'est Parker. »

Poe me regarda, les yeux écarquillés, puis il la regarda

d'une tout autre façon, une façon très flagrante. « *La* Parker ? »

Parker me regarda par-dessus son épaule. « Est-ce que tu partages beaucoup de choses avec ces deux-là ?

- Quand il s'agit de toi ? Je partagerai *tout* avec Kemp et Poe. »

3

ARKER

Oh. Mon. Dieu.

Je partagerai tout avec Kemp et Poe.

Cela voulait-il dire... est-ce qu'ils ? Oh merde. Ils me fixaient tous les trois.

La pièce paraissait petite avec nous quatre ensemble, comme s'il n'y avait presque pas d'oxygène. Mais c'était le fait qu'ils étaient beaucoup trop beaux qui faisait que je respirais trop rapidement. Le bout de mes seins se durcirent et je demandais à quoi cela ressemblerait s'ils me déshabillaient et... faisaient tout ce qu'ils voulaient.

Gus n'était pas le seul mâle alpha, car il était évident que Kemp et Poe seraient tout aussi intenses. Puissants. Ma chatte se contracta en les imaginant.

Trois mecs canons me regardaient comme si j'étais le déjeuner au lieu de ce qui était sur la table.

Qu'avait voulu dire Gus exactement ?

Gus me déplaça, tira une chaise, mais ignora le fait que j'avais les yeux écarquillés. « Assied-toi. »

Je m'assis et les hommes sortirent leur nourriture avant de la disposer comme si c'était un petit buffet. Gus la pointa du doigt. « Il y a des restes de lasagnes, un sandwich à la dinde et avocat, euh... quelque chose de vert que Poe a ramené—

- C'est une salade de chou-kale. » Il éloigna la boîte de Gus comme s'il s'agissait d'un dessert sucré et non pas d'un super aliment amer.

« Et il reste du gâteau au chocolat, dit Gus pour terminer. Même si je l'ai acheté dans un magasin parce que mes parents sont en vacances. »

Oh oui, il y avait une part décadente de gâteau et cela me mit l'eau à la bouche.

« Tu dois manger des légumes avant, dit Poe en souriant et en secouant la boîte contenant la salade. Ils te rendront grande et forte. »

Il me regarda consciencieusement avec une flamme dans les yeux, voyant que j'étais déjà grande et forte.

Il avait des cheveux noirs comme la nuit avec quelques boucles. Ses yeux bleus étaient clairs et perçants. Il avait l'air d'être un irlandais aux cheveux noirs, ce qui était très attirant pour moi. C'était fou, car Gus était beau avec sa barbe et son sourire facile. Et Kemp aussi avec ses cheveux blonds et son attitude qui le faisait paraître doux.

Oh merde, j'avais du souci à me faire à désirer trois hommes. Trois amis. Des collègues.

« Le sandwich a l'air bon, répondis-je, restant neutre. Merci. »

Kemp pris une moitié de l'un des sandwichs et la plaça

sur une serviette en papier, avant de la faire glisser vers moi sur la surface en linoléum.

« Bon, parle-nous un peu de toi et de comment tu es devenue shérif, » demanda Poe.

Je regardai ses yeux clairs et vis qu'il était intéressé et voulait réellement le savoir. Il n'était pas l'un de ses mecs qui me prenait de haut. *Qu'est-ce qu'une fille comme toi fait avec une arme à feu ? Est-ce que tu es lesbienne ou quelque chose dans le genre ?*

« Est-ce que tu veux que je résume les dix dernières années ? demandai-je.

Il haussa les épaules. « Parle-nous de ce que tu veux. »

J'avalai ma salive. En tant que shérif, j'étais celle qui posait les questions et qui faisait passer les interrogatoires. « Eh bien, Gus est parti au Minnesota pour aller à l'université, et moi au Vermont. A Dartmouth. A partir de là, je suis allée dans une école de droit. J'ai toujours voulu être avocate.

- Je m'en souviens, répliqua Gus. Et j'ai toujours voulu être vétérinaire. C'est pour cela que nous sommes chacun parti de notre côté. Nous étions tous les deux déterminés. Nous avions de grands projets, n'est-ce pas, pixie ? »

C'était vrai. Et maintenant que j'étais à nouveau assise en face de Gus, je me rendais compte à quel point j'étais reconnaissante envers lui. Il avait voulu que j'aille après ce que voulais et ne m'avait pas retenu. Nous avions abandonné notre relation pour... eh bien, pour nous.

« Oui. Et regarde-nous, maintenant.

- Ouais, mais explique-nous comment tu es devenue shérif, » continua Poe.

Il semblait que c'était ce qui l'intéressait vraiment.

« J'étais l'adjointe du procureur sur la côte Est. Ils

voulaient que nous ayons des relations plus fortes avec le département de la police... le nouveau chef s'est dit que cela serait mieux si quelqu'un qui travaillait au bureau du procureur pouvait travailler étroitement avec les policiers. Il voulait s'assurer que les procédures étaient exactes afin que les dossiers ne s'écroulent pas parce que les procédures n'étaient pas suivies.

- Cela semble sensé, » commenta Gus.

J'hochai la tête. « En effet. Cela plaisait beaucoup à mon patron. La police voulait que le procureur la comprenne mieux. Donc elle a offert d'envoyer quelqu'un à l'académie de police. Ce quelqu'un était moi. Pour être brève, je voulais retourner à Raines à cause de ma mère —elle va bien, mais elle est diabétique maintenant, et j'avais l'impression d'être trop loin si quelque chose lui arrivait— et je suis sûre qu'elle a parlé à ta mère ou à quelqu'un d'autre au conseil municipal et ils m'ont appelé pour le poste. »

Gus sourit. « Ouais, je suis certain que le réseau entre nos mères a servi à mettre ton nom sur la liste de présélection. Mais tu as eu le travail grâce à ton CV. »

Même un imbécile n'embaucherait pas quelqu'un qui n'était pas qualifié.

« Je suis plus une avocate qu'une policière. C'est pour cela que je ne réponds pas aux appels seule. L'un des adjoints est toujours avec moi. J'ai demandé à ce que cela soit l'une des conditions nécessaires pour que je sois employée. »

Poe grogna, comme si la réponse le satisfaisait ou alors il la détestait et ne voulait pas le dire.

« Et toi ? » lui demandai-je en prenant une bouchée du sandwich, pressée de ne plus être le centre d'attention. Je préfèrerais savoir ce qui le faisait ruminer et... ce qui le rendait attirant. J'étais captivée par ses yeux clairs.

« Moi ? Parlons de Gus. J'ai entendu dire que tu as été la première fille avec qui il a couché. » Poe planta sa fourchette dans sa salade comme s'il parlait de la météo et non pas de la première fois de son collègue. Avec moi.

J'étais sur le point d'entamer ma seconde bouchée quand je m'immobilisai, regardant Gus. « Bon sang. Tu leur as dit ? »

Il prit la boîte contenant les lasagnes et la mit dans le micro-ondes, puis il s'appuya contre le plan de travail avec sa hanche. « Oh que oui.

- Oh que oui ? répliquai-je.

- J'étais heureux d'apprendre que tu étais de retour en ville.

- Et donc tu leur as dit que nous avons couché ensemble, clarifiai-je. C'est un sacré bond. »

Le coin de sa bouche se releva. Je me souvenais de ce petit mouvement, et comment cela me faisait grimper sur ses genoux et l'embrasser. Et ensuite davantage de choses. Il avait adoré se pencher en avant et sucer le bout de mes seins jusqu'à ce que je me torde. Ce n'était qu'à cet instant qu'il m'aurait laissé m'abaisser sur lui et le chevaucher comme une cowgirl.

« Je leur ai dit que je voulais à nouveau coucher avec toi. »

Le micro-ondes sonna et il détourna les yeux pour prendre sa nourriture. L'odeur de sauce tomate et d'ail remplit l'air.

Ses paroles remplirent le bas de mon ventre de chaleur. Il me voulait. Il n'y avait aucune confusion à ce sujet. Je posai le sandwich sur la table. « Et donc, tu recherches quoi ? Une nuit folle ?

- Qui a parlé d'une seule nuit ? » demanda-t-il, s'approchant pour s'asseoir à table avec sa nourriture réchauffée. Nos genoux se cognèrent sous la table.

Je fixai Gus. J'attendais. J'essayais de ralentir mon cœur qui battait la chamade parce que j'étais vraiment pour l'idée de coucher à nouveau avec lui.

Il me regarda et prit une fourchette au centre de la table où se trouvait un petit porte-ustensiles. « Je t'aimais, pixie. Je t'ai toujours aimé. Aucune femme n'est comparable à toi, ou avec ce que nous avons partagé. Je suppose que je t'attendais. »

Bordel. De. Merde. Il m'aimait ?

« Tu... Tu ne sais rien sur moi, » rétorquai-je. J'étais ridiculement nerveuse et un peu excitée. C'était un peu bizarre d'avoir cette conversation en face de Kemp et Poe, mais ils avaient l'air d'aimer ce qu'ils regardaient. Poe mangeait sa salade, Kemp se contentait de sourire.

« Tu viens de nous dire pas mal de choses. » Gus se pencha vers moi. « J'en sais plus sur toi que la plupart des gens. »

Allais-je un jour arrêter de rougir ? Allais-je arrêter de me souvenir de comment ses lèvres avaient été sur les miennes... et à d'autres endroits ? Est-ce que sa barbe était aussi douce qu'elle en avait l'air ? Est-ce qu'elle chatouillerait l'intérieur de mes cuisses pendant qu'il me dévorerait la chatte ? Bon Dieu, je voulais qu'il saute son repas italien et qu'il passe directement à ma chatte à la place.

« Mais je veux en apprendre plus, continua-t-il. C'est pour cela que je t'ai invité à dîner.

- Et ensuite ? » demandai-je. Il avait flirté. Il avait parlé de son... châssis. Il n'avait pas caché à quel point il était excité. Le sexe était ouvert à la discussion, même devant Kemp et Poe.

Son regard se baissa jusqu'à ma bouche. « Ensuite, je

veux te toucher à nouveau. Trouver toutes tes zones sensibles. Les toucher, les lécher. Je veux te faire jouir. Putain, je veux faire cela constamment. »

Je déglutis, ravie de ne pas avoir encore mangé beaucoup mon sandwich. Ma peau se mit à chauffer, et je savais que je rougissais.

« C'était bien entre nous, continua-t-il. Mais nous avons à peine eu le temps de découvrir ce qui nous excitait.

- Tu m'excitais, » répliquai-je avec honnêteté, ce qui le fit sourire, et son regard se posa sur ma bouche. Si j'avais dit quelque chose d'autre, il aurait su que c'était un mensonge. « Mais tu as raison, j'ai découvert des choses sur ce qui me plaît. Je ne suis pas sûre—

- Que quoi, que ces choses me plairont ? » Il planta sa fourchette dans un morceau de lasagnes et le mit dans la bouche.

Je regardai Kemp et Poe, et je vis leur curiosité silencieuse. Je vis aussi leur regard embrasé et intéressé. Ils ne parlaient probablement pas souvent de ce genre de choses lors de leurs déjeuners au bureau.

« Eh bien, ouais. »

Il releva le menton pour m'indiquer que je devrais manger. Je pris à nouveau la moitié du sandwich dans la main et pris une autre bouchée. Je mâchais. J'étais reconnaissante d'avoir un moment pour remettre mes pensées en ordre.

Que se passait-il, bon sang ? En l'espace de quelques minutes, j'avais à nouveau croisé Gus, mon ancien petit-ami et l'homme qui avait pris ma virginité. J'avais rencontré ses deux collègues vétérinaires qui étaient très beaux et qui semblaient en savoir plus à mon sujet que je n'aurais jamais pu l'imaginer. Et j'étais assise là... en face de deux autres hommes, et je parlais de comment cela se passerait si Gus et moi couchions à nouveau ensemble. Cela serait certainement chaud et passionné, mais je ne savais pas si cela serait assez. Je ne doutais pas qu'il me ferait jouir à chaque fois. Il l'avait fait dix années plus tôt.

Bon, sauf la première fois car j'avais eu très mal. Mais le fait que je n'avais pas eu d'orgasme cette fois-là l'avait motivé pour me satisfaire ensuite à chaque fois. Et il avait visé cet objectif avec un enthousiasme d'enfant, ce que j'avais trouvé adorable.

Aujourd'hui, il était certain qu'il me donnerait du plaisir non seulement avec le même enthousiasme, mais aussi avec cette aptitude qui n'apparaissait qu'avec l'expérience.

Tout de même… cela ne serait pas assez. J'avais besoin de plus que cela. J'en brûlais d'envie.

J'étais célibataire. Cela faisait longtemps que je n'avais pas eu un véritable orgasme causé par un homme. Et la queue de Gus ? Oh que oui, je voulais goûter à ce morceau de viande, mais je ne savais pas s'il saurait me donner ce que je voulais. S'il aimait les mêmes choses que moi. Ce n'était pas parce que nous avions été bien ensemble quand nous avions eu dix-huit ans, que cela serait la même chose —ou mieux—aujourd'hui. J'étais faite pour quelque chose de coquin. Non, pour beaucoup de choses coquines. Et en plus de cela, je n'étais pas attirée que par Gus. Je regardai Kemp et Poe. Je les voulais, eux aussi.

« D'accord, alors dis-moi ce qui te plait, » dit-il d'une voix calme, comme s'il me demandait de parler de mes livres préférés. Ou quelle confiture je préférais. Si j'aimais le dentifrice à la menthe.

Je les regardai tous les trois à tour de rôle.

Kemp se mit à l'aise sur sa chaise, comme s'il s'installait pour un moment. Poe ignorait complètement sa salade et me regardait avec attention.

« Je suis venue pour amener un chien errant chez le vétérinaire et maintenant nous déjeunons en parlant de ma vie sexuelle. Comment en est-on arrivé là ? »

Je regardai vers le sol et vis le chien en question recroquevillé et endormi à mes pieds. Était-ce un chien entremetteur ? Son travail était terminé et maintenant elle se reposait.

« Parce que Gus partage beaucoup de choses, chérie, » dit Poe, posant ses avant-bras sur la table tandis qu'il se penchait. Il se rapprocha *beaucoup*. « Si Gus n'est pas assez pour toi, moi je le serai. » Il tapota son large torse et sourit. Quel sourire impitoyable. Il pourrait s'en servir comme arme. Les femmes devaient lui jeter leurs dessous quand il leur lançait ce regard.

« Moi aussi, ajouta Kemp. Tu as vu la queue de Gus. C'est la plus petite de la pièce.

- Vous êtes trop cons, » grommela Gus, prenant leur moquerie avec bonhomie. Il était certain qu'il n'avait pas à être embarrassé. Je me souvenais qu'il avait été assez gros pour que je ne puisse pas fermer mon poing autour de sa queue épaisse. Mais si les autres en avaient une plus grosse...

« Es-tu en train de nous dire qu'il n'était pas si doué ? demanda Poe. Je parle des première fois. » C'était certain qu'il s'en était assuré.

« Tu ne dis rien. » Kemp me fixait et attendait. « Ce n'était pas super ? demanda-t-il avant de rire. Peut-être que Poe et moi avons besoin de donner quelques conseils à Gus. Nous pourrions te prendre entre nous deux et il nous regarderait faire pour apprendre. »

Je pris une profonde inspiration en entendant sa suggestion.

Gus me regarda avec attention, comme si ma réponse

aurait un impact sur son identité sexuelle tout entière. Après tout ce temps, il semblait confiant sur le fait qu'il m'avait satisfait, mais maintenant... ses amis le faisaient clairement douter.

« Bébé, le fait que tu restes silencieuse, c'est comme si tu agitais une cape rouge devant un taureau, » ajouta Kemp.

J'essayais de ne pas sourire en voyant le visage de Gus, à moitié horrifié qu'il ait pu peut-être ne pas me satisfaire, et à moitié en colère que ses amis l'agacent intentionnellement.

« Tu étais super, » dis-je enfin en tapotant sa main et en prenant mon sandwich dans les mains, sans répondre au commentaire de Kemp.

Gus me répondit en grognant, puis il engloutit un bout de lasagnes.

Après avoir avalé sa bouchée, il me demanda, « Est-ce que tu aimes les femmes, maintenant ? »

Je m'étouffai presque sur ma dernière bouchée de dinde et d'avocat. « Quoi ? D'où vient cette question ?

- *Tu étais super*. Super, pas spectaculaire ni renversant. Si je ne peux pas te satisfaire, alors il est clair que tu aimes les femmes, répliqua Gus, passant sa main sur sa barbe.

- Ou alors tu l'as dégouté des queues et maintenant elle aime s'attaquer aux chattes. » Bon sang, Poe était sans pitié.

Je regardai Gus et rit. « Non. Ce n'est pas le cas.

- Donc tu aimes les queues, » rétorqua Gus.

Je me raclai la gorge et bien sûr, je rougis intensément. « Oui.

- Et tu aimes ma queue.

- Oui.

- Bien, nous sommes au clair là-dessus, continua Gus. Quoi d'autre ? Tu aimes être au-dessus. Tu veux le faire à nouveau dans mon pick-up. Tu aimes avoir des fessées. Tu veux m'appeler Papa. Tu veux que je t'attache. Que je te fouette. Que je baise ton cul. Que je mange ta chatte. Tu veux utiliser des accessoires. Que je te regarde jouir. Me sucer—»

Je tendis le bras et couvris à nouveau la bouche de Gus, sentant les poils doux de sa barbe. « Tu ne sais pas quand t'arrêter. »

Quand j'éloignai ma main, il dit, « Pixie, je peux durer très, très longtemps. » Puis il me fit un clin d'œil.

Kemp tendit le bras et attrapa le sandwich dans ma main. « Si tu ne partages pas, tu n'as pas le droit au sandwich. »

Je le fixai avec attention. « Je suis la shérif et même moi je ne laisse pas les gens mourir de faim pour obtenir des réponses. »

Poe se contenta d'hausser les épaules quand je posai le regard sur lui. « Tu devras nous répondre, dans ce cas. »

J'haussai mentalement les épaules. Où était le mal ? Gus ne me jugerait pas et quelque chose me disait que Kemp et Poe non plus. Dans le pire des cas, Gus ne serait pas intéressé et rien n'aurait changé. Je ne l'avais pas *eu* depuis dix ans.

Je voulais un homme qui avait les mêmes désirs pervers que moi. Quelle meilleure façon de le faire si ce n'était d'en parler sans hésiter ? Je n'avais pas besoin de me déshabiller et de me mettre dans le lit d'un homme pour savoir qu'il ne pourrait pas —ou plutôt, qu'il ne voudrait pas—me convenir. Cela me faisait gagner beaucoup de temps et d'énergie, de ne pas avoir besoin de me rhabiller.

Je les regardais tous les trois tandis qu'ils attendaient patiemment. « J'aime partager, moi aussi. »

J'entendis un grondement provenant du torse de Poe.

Gus se redressa en entendant ce que je venais de dire,

ses yeux remplis de surprise mais aussi d'un intérêt empressé. « Ce qui veut dire... »

Je me léchai les lèvres, et les regardai à tour de rôle. « Ce qui veut dire que je veux voir lequel de vous trois a vraiment la queue la plus grosse. »

4

 EMP

« Rien ne sera conventionnel avec trois mecs, » lui dis-je.
Bordel. De. Merde.
Elle nous voulait tous les trois. *Elle.*
Bon sang, elle était quelque chose. Des cheveux lisses et soyeux noirs, des yeux foncés. Sa peau était pâle mais elle avait aussi un bon hâle car elle passait pas mal de temps dehors. Elle était belle d'une façon subtile. Rien de tape-à-l'œil. Mince, elle portait une chemise d'uniforme de shérif, ce qui était à deux doigts d'être l'équivalent d'un sac de pommes de terre lorsqu'il s'agissait d'être sexy. Mais elle l'était. Elle était si sexy que ma queue s'était raidie comme un piquet de clôture deux secondes après l'avoir vu.
Et elle n'était pas une petite chose, non plus. Cela m'inquiétait toujours quand j'étais avec une femme. J'étais un homme de grande taille. J'étais grand partout et j'avais

toujours dû être doux avec mes mains, mon corps et ma queue.

Cependant, Parker devait mesurer un peu moins d'un mètre quatre-vingts. Elle était robuste, pulpeuse. Forte.

Gus avait parlé d'elle, du fait qu'elle avait été la première fille avec qui il avait fait l'amour, et qu'elle avait été celle qui lui avait échappé. Mais elle était de retour désormais. Il l'avait vu au ranch de sa famille et l'avait désiré. Il avait espéré que nous pourrions tous les trois l'avoir. Mais leurs retrouvailles n'avaient pas été désinvoltes. Cela n'avait pas été comme s'il avait rencontré son institutrice de CM1 au supermarché. Non, il avait parlé d'elle encore et encore. J'avais voulu lever les yeux au ciel car il ne s'était pas arrêté. Il avait parlé d'à quel point elle était belle, de comment cela avait été bon avec elle, et du fait qu'elle était encore plus stupéfiante aujourd'hui. Cela avait semblé un peu tiré par les cheveux car il ne lui avait même pas parlé depuis qu'elle était de retour. Mais il avait été catégorique. Sa queue avait été dure et il nous avait parlé de combien de fois il avait dû se masturber rien qu'en fantasmant sur elle.

Il n'avait fait qu'espérer et j'avais ignoré son obsession. Cela avait été trop pour rêver, qu'une femme veuille de nous trois. Une femme qui pourrait tous nous gérer et il n'avait jamais dit que cela l'intéresserait.

Mais il était tout de même sous son charme.

Et maintenant je l'étais aussi. Il avait eu raison. Sur tout ce qu'il avait dit. J'avais l'impression de la connaître et de la reconnaître bien que je ne l'eusse jamais vu auparavant. Je sentais qu'une connexion se créait, un désir. Un besoin. J'avais besoin de Parker et c'était complètement fou. Surtout qu'elle nous voulait tous les trois.

Elle me fixait avec ses yeux marrons qui m'envoûtaient. Je voyais en eux de la chaleur, ainsi que de la prudence. Le fait qu'elle soit aussi courageuse pour partager ce qui était probablement ses désirs les plus sombres et illicites me rendait fier d'elle. Et je venais tout juste de la rencontrer.

« Je comprends. Les conventions ne m'intéressent pas, » répondit-elle avec une voix douce. Même si elle venait d'admettre une vérité énorme, elle était devenue un peu nerveuse.

Je posai le sandwich que j'avais pris de ses mains. « Tu ne seras pas aux commandes avec nous trois. »

Elle avait été claire. C'était à notre tour de lui dire comment se passeraient les choses. Nous la voulions là avec nous, donc il était crucial qu'elle sache tout et qu'elle donne son consentement.

Elle secoua la tête. « Non. »

Gus tendit le bras et plaça ses doigts sur son menton pour qu'elle le regarde. « Tu es la shérif, pixie. Cela représente beaucoup de responsabilités. Tu veux que nous nous chargions de te vider la tête.

- Tu veux lâcher prise et te soumettre, n'est-ce pas ? » demanda Poe.

Elle hocha la tête et Gus baissa la main. « Dis-le, pixie. »

Je la regardai se lécher les lèvres puis avaler sa salive. « Je veux que vous soyez aux commandes. »

Oh merde. Je voulais la dominer, lui donner cela. Je voulais lui faire tout oublier sauf ce que nous lui dirions de faire. Son travail devait être si stressant. Elle devait faire en sorte que le pays reste sûr, et s'occuper de personnes comme le maire, les membres du conseil municipal, des personnes ivres, des hommes qui battaient leurs femmes et pire encore. Elle avait besoin d'une pause, de se décharger de tout ce stress et de laisser quelqu'un prendre soin d'elle pendant un moment.

Cela ne me gênait pas de le faire, d'être cette personne

pour elle. Il était évident que Poe et Gus étaient aussi d'accord. Je ne pouvais pas attendre une seconde de plus.

« Va vers le plan de travail et pose tes mains dessus, » dis-je. Même si le timbre de ma voix était plus sombre qu'auparavant, il n'était pas sec. Cela lui fit écarquiller les yeux et pourtant ses pupilles se dilatèrent car je m'étais mis dans le rôle et elle savait que les choses avaient changé.

Une jolie teinte de rose s'installa sur ses joues, ce qui fit me demander à quel point d'autres parties de son corps étaient roses. Sa chatte. Le bout de ses seins. Son petit trou du cul plissé.

« Maintenant ? demanda-t-elle, un peu surprise. Ici ?

- Maintenant, ici. » répondit Poe. Il avait été silencieux et avait observé le déroulement des choses. Il avait attendu, jusqu'à maintenant. Désormais, il voulait être tout autant impliqué pour qu'elle sache que nous étions tous partants. Ensemble.

Je retins presque ma respiration tandis que nous la regardâmes. Il était évident qu'elle réfléchissait. Elle se creusait la tête. C'était une chose de nous dire qu'elle nous voulait tous les trois, qu'elle voulait que quelqu'un prenne les choses en main, mais c'en était une autre de tout céder.

Doucement, elle poussa la chaise en arrière et se leva. Putain, elle était magnifique. Elle était pulpeuse et sexy. Grande. Elle ne se casserait pas à cause de nos grandes mains et de nos grandes queues. Elle était de la taille parfaite. Je ne comprenais pas comment personne ne l'avait revendiqué jusqu'à aujourd'hui. Et pourtant, elle n'était pas vierge. Un idiot l'avait laissé s'en aller, et c'était tant mieux pour nous.

Elle marcha jusqu'au plan de travail et posa ses mains à plat dessus comme je lui avais demandé. Elle était dos à nous, par conséquent elle nous regarda par-dessus son épaule. Prudence et chaleur. Elle se mordit la lèvre inférieure. « C'est un peu bizarre. Je n'ai pas vu Gus depuis des années et je viens seulement de vous rencontrer, vous deux. »

Poe poussa sa chaise en arrière et la fit pivoter pour lui faire face. Il avait une place parfaite pour un spectacle torride. « Il y a peu de différence entre maintenant et ce soir, » dit-il.

Nous attendrions sans soucis. Si elle n'était pas à l'aise ou prête, nous lui laisserions tout le temps qu'elle voulait. Mais elle avait fait exactement ce que je lui avais dit. Elle le voulait même si son esprit avait du mal avec ce qu'il se passait.

« J'ai l'impression que l'un de vous va me fouiller.

- Seulement si tu le veux, répliquai-je.

- Je suis en service.

- Et bientôt, nous aussi, ajouta Gus. Fais-nous confiance. Lâche prise, pixie. »

Elle prit une profonde inspiration puis expira. Ensuite, elle hocha la tête.

Oh que oui. « Pour l'instant, tout ce que je veux que tu fasses, c'est descendre ton pantalon sous tes hanches, faire ressortir ce joli cul et nous montrer ta chatte, lui dis-je. Nous resterons assis ici et nous te regarderons faire. »

Elle me regarda bouche bée, mais elle n'avait pas l'air de vouloir traverser la pièce pour me mettre une gifle ou, pire encore, utiliser son pistolet Taser sur moi. Non, elle rougit encore plus et se mordit la lèvre. Elle réfléchissait. Fort. Mais elle était excitée. Intéressée. Volontaire.

« Je pensais que vous alliez me montrer qui avait la plus grande queue.

- Plus tard, » dit Gus. Il fit un cercle avec son doigt comme pour lui commander de se retourner.

Nous attendions. Gus avait à peine bougé depuis qu'elle s'était levée, clairement un peu surpris de la façon dont les choses se déroulaient. Il avait espéré qu'elle soit intéressée par nous trois, mais il s'était sûrement attendu à devoir la séduire, voir même la courtiser, ou bien l'intéresser en l'amadouant.

Nous n'avions pas eu à l'amadouer. Oh que non.

Elle n'aurait peut-être pas été aussi impudente par elle-même, mais cela ne voulait pas dire qu'elle ne voulait pas que trois hommes la regardent. Et en lui disant quoi faire, et lui ordonnant de le faire, je l'avais soulagé de ce poids. Je la *faisais* nous montrer sa chatte, ce qui rendait les choses légitimes pour elle. Elle se soumettait à mes mots, faisait ce que je voulais, et en retour, elle obtenait exactement ce dont elle avait besoin.

Elle se retourna à nouveau, détacha la ceinture de son jean puis le fit descendre le long de ses jambes jusqu'à ce qu'il s'arrête au milieu de ses cuisses. Nous ne voyions qu'un bout de sa peau crème car le pan de sa chemise tombait sur ses fesses. Elle ne pouvait pas la remonter car sa ceinture de fonction était serrée autour de sa taille, avec dessus son arme, son Taser, des menottes et d'autres choses. Cela étant dit, elle avait fait ce que je lui avais dit et du liquide pré-éjaculatoire gouttait de ma queue. Je bougeai dans la chaise pour essayer de me mettre à l'aise.

Parker était soumise. Et elle était exhibitionniste, du moins jusqu'à un certain degré. Elle se montrerait à nous mais à personne d'autre. Elle n'était pas timide. Ni hésitante lorsqu'il s'agissait de sa sexualité. De plus, elle était excitée. Pour nous trois.

« Fais ressortir ces fesses, pixie, » lui dit Gus. Il passa sa main sur sa nuque comme s'il avait du mal à ne pas la rejoindre et tirer ses cuisses pour elle. Ou à ne pas ouvrir son pantalon et en sortir sa queue pour la baiser.

Je savais ce qu'il ressentait.

Parker se pencha après s'être baissée sur ses avant-bras, ce qui fit remonter sa chemise et exposa ses fesses qui étaient recouvertes par une culotte en soie rose. Le gousset était plus foncé. Il était mouillé car elle était excitée et le tissu était collé à sa fente.

« Oh merde, » murmura Gus, et je vis du coin de l'œil — car il était hors de question que je regarde autre chose que Parker— qu'il ajustait son jean.

Elle ne nous regardait pas. Elle fixait le mur devant elle.

Il bondit sur ses pieds et se rapprocha d'elle. Elle regarda vers lui, surprise, mais resta en place.

« Tu aimes quand trois mecs te regardent, » dit-il. Il ouvrit son jean et il mit sa main à l'intérieur avant d'en sortir sa queue. Elle était dure comme de la roche et du liquide pré-éjaculatoire coulait de la fente. Quand Parker lécha ses lèvres, je pus lire son besoin évident pour lui.

Gus serra la mâchoire en se caressant la queue, d'abord doucement puis plus rapidement.

« Le tissu est trempé. Nous pouvons voir les lèvres de ta chatte et à quel point ton clitoris est dur. »

Il tendit le bras et passa un doigt le long de l'élastique de sa culotte. Ses hanches s'avancèrent brutalement mais elle resta en place. Elle poussa un cri de surprise et je grognai.

« Putain, je vais éjaculer rien qu'en voyant à nouveau cette petite tâche de naissance. Je veux me mettre entre ses cuisses et l'embrasser. » Il prit une profonde inspiration tout en continuant de caresser sa queue. « Putain, je peux sentir ta chatte toute chaude et douce d'ici.

- Gus, » dit-elle en gémissant et en tortillant ses hanches car elle voulait qu'il en fasse davantage. Oh, oui.

C'était tout ce qu'il fallut pour que Gus éjacule en grognant. « Putain, pixie. »

Son sperme gicla hors de lui et il se déplaça pour qu'il atterrisse sur son cul en l'air et salisse sa culotte.

Elle le regarda à nouveau, cette fois avec les yeux lourds et des joues rouges. « Est-ce que tu vas me baiser, maintenant ?

- C'est ce que tu veux, n'est-ce pas ? demanda-t-il, alors qu'il pompait le restant de son sperme de ses couilles. Que je te baise devant Poe et Kemp ? Qu'ils voient à quel point ta chatte en a besoin ? »

Elle hocha la tête. Oh merde, elle était si parfaite. Elle avait les fesses à l'air recouvertes des giclées du sperme de Gus, sa culotte était trempée et les lèvres de sa chatte étaient visibles à travers. J'allais jouir dans mon jean.

« Je ne peux pas, pixie. Nous n'avons pas assez de temps pour ce que nous voulons te faire. Un petit coup rapide lors d'un déjeuner ne suffira pas pour que trois mecs te baisent. Nous devons tous nous remettre au travail. Et en plus, nous n'avons pas de préservatif. »

Elle gémit et se tortilla davantage comme si cela allait apporter assez de frictions au niveau de son clitoris.

J'avais ma main sur mon jean là où se situait ma queue, et je la frottais pour essayer de réduire la douleur, mais je savais qu'elle ne partirait pas avant que je sois dans cette chatte torride jusqu'aux couilles.

« Baisse ta culotte trempée, ajouta-t-il. Montre-nous à quel point tu mouilles pour nous trois. Ensuite, tu t'occuperas de ton clitoris et nous te regarderons jouir. »

Elle bougea, impatiente d'avoir un orgasme, et commença à baisser le tissu léger sous ses hanches, puis plus bas. La soie s'accrochait à sa chatte car son excitation la faisait mouiller et collait à elle. Avant que nous ne puissions voir plus que ses fesses pâles et en l'air, la radio qui se trouvait au niveau de ses hanches bipa une fois, puis encore une fois, et la voix d'un régulateur mit fin à notre petit spectacle. Elle avait reçu de nouveaux ordres, et ils ne venaient pas de nous.

Putain.

5

 OE

« Ce n'est pas étonnant, » marmonnai-je en m'appuyant sur le comptoir du petit laboratoire qui se trouvait entre les salles des patients. Je venais de terminer avec un berger allemand qui avait une dysplasie modérée des hanches. Kemp examinait une lame sous un microscope pour voir s'il y avait des vers dessus. Gus avait un moment de répit entre deux consultations et il buvait un café. « La femme de mes rêves, celle qui a dit qu'elle nous voulait tous les trois, qui t'as fait éjaculer comme pas possible, et qui a failli nous montrer sa chatte, est une putain de flic. »

Kemp me regarda et sourit. « Et alors ? Qu'est-ce que cela peut faire, si ce n'est qu'elle est attirée par nous trois et qu'elle a des menottes à disposition ? »

C'était un vrai avantage, mais ce n'était pas là où je voulais en venir. « Cela ne te dérange pas qu'elle ait dû répondre à un appel alors qu'elle était penchée sur le plan de travail et qu'elle nous montrait sa culotte mouillée, pendant qu'elle prenait son pied en voyant Gus éjaculer sur elle ? »

Ils me fixèrent avec un regard que je reconnaissais bien. Ils pensaient que j'étais fou.

« C'est la shérif. Elle répond aux appels d'urgence, répondit Gus. Ce n'est pas comme si elle avait fait en sorte de nous allumer en nous montrant sa chatte pour ensuite s'en aller. Elle est partie tout émoustillée. »

Cela m'excitait vraiment, de savoir qu'elle était quelque part tout excitée et qu'elle avait le sperme de Gus répandu sur sa culotte. J'avais mal aux couilles en y pensant. Mais ce n'était pas cela. Ils ne me comprenaient toujours pas.

« Ouais, mais ces gens sont des idiots. Des idiots *dangereux*. Je me fiche que cela soit son boulot. Cela ne veut pas dire que cela doit me plaire, » lui dis-je.

Gus me fixa avec un air sérieux. « Ton passé ne lui importera pas. Si c'est ce qui t'inquiètes. »

Je lui fis signe de la main que ce n'était pas cela. « Ce n'est pas un soucis si mon séjour en prison pour mineurs l'inquiète.

- Alors qu'est-ce qui t'énerve ? » demanda Kemp, en tournant la rondelle de mise au point et en regardant dans l'objectif.

- Elle ne devrait pas à avoir à s'occuper des ratés de la société. » Je levai le bras en l'air et l'agitai. « Je les connais. J'étais l'un d'eux.

- Non, c'est faux, rétorqua Kemp. Tu as sauvé ta mère de ton père violent. Tu l'as défendu. Tu as fait ce qu'il fallait. »

Je passai ma main dans mes cheveux. J'avais besoin de me couper les cheveux, mais ce n'était pas une priorité dans la liste des choses que j'avais à faire. Peut-être que cet hiver je me laisserais pousser la barbe comme Gus. Cela demanderait moins d'effort que de devoir me raser tous les jours, mais je me demandais si cela plairait à Parker. « Quand même, elle n'a pas besoin de voir toute cette merde, et encore moins de s'en occuper. Elle pourrait être blessée. »

Kemp et Gus étaient très protecteurs et ils prenaient soin de ce qui étaient à eux. De *ceux* qui étaient à eux. Surtout des femmes. Evidemment, ils n'avaient pas apprécié qu'elle avait été sur le point de nous montrer sa chatte mouillée et rose et qu'ensuite elle avait dû remonter son jean et partir en courant avec le chien errant à ses trousses. Mais je ne savais pas du tout pourquoi cela ne les dérangeait pas qu'elle soit partie car elle devait s'occuper d'un appel concernant une dispute conjugale. Bon, peut-être que je le savais.

M. Duke ne lèverait jamais la main sur sa femme parce qu'il était en colère. Il la chérissait plus que tout et avait élevé ses trois fils, Gus, Tucker et Duke, pour que non seulement ils soient des gentlemen, mais pour qu'ils fassent aussi ce qui était juste. Protéger. Je ne savais pas comment leur petite sœur, Julia, allait se trouver un homme avec ses trois grands frères qui veillaient sur elle.

Quant à Kemp, je n'avais rencontré ses parents qu'une seule fois car ils vivaient dans le Minnesota, mais son père non plus ne ferait jamais une telle chose.

Mais moi, j'avais grandi avec un père qui avait été un salaud. Méchant. Cruel. Et je l'avais tué à cause de cela. Mais savoir que Parker était partie —pour faire son travail— confronter quelqu'un qui était peut-être tout aussi cinglé que mon père m'inquiétait. Cela me donnait envie d'aller la retrouver et de m'occuper du problème moi-même.

« Elle n'y va pas toute seule. Elle a des renforts, dit Gus. Ecoute, cela ne m'emballe pas non plus, mais c'est son travail et elle veut le faire. Elle est intelligente. Elle est entraînée. Tu vas devoir t'y faire au moins jusqu'aux élections. En ce moment, c'est Hogan contre Beirstad.

- Ouais, Beirstad. Quel con. Ce n'est pas son frère qui a couché avec Kaitlyn ?

- Si, » dit Gus. J'avais entendu parler de la confrontation qui avait eu lieu au Cassidy et du fait que désormais il laissait Kaitlyn tranquille, mais il n'en était pas moins un enfoiré. Je ne savais grand-chose sur lui, mais son frère, Mark, était tout aussi méchant d'après ce que j'avais entendu.

« Le conseil municipal s'est dit qu'elle était qualifiée et elle semble faire du bon boulot. »

Il avait raison, mais cela ne voulait pas dire que cela devait me plaire. Je préfèrerais qu'on laisse Hogan et Beirstad s'occuper des accros de méthamphétamine et des mecs qui battaient leurs femmes. Raines était une ville tranquille, mais cela ne voulait pas dire que tout allait bien. « Pourquoi n'a-t-elle pas un travail comme Kaitlyn ? Le seul danger qu'elle ait c'est de se couper avec du papier. »

Pourquoi ma queue ne pouvait-elle pas se raidir pour une femme qui avait un travail sans danger ? Pourquoi est-ce qu'un seul regard sur Parker avait ruiné les autres femmes pour moi ? Et cela avait été avant qu'elle se soumette à Kemp et qu'elle soit prête à nous montrer sa chatte. Avant qu'elle nous implore de la baiser dans la cuisine. PUTAIN !

« Je ne doute pas des compétences de Parker en tant que shérif ni du fait qu'elle peut prendre soin d'elle-même, mais comme je viens de le dire, cela ne veut pas dire que cela doit me plaire. »

Gus haussa les épaules et ne put s'empêcher de sourire. Il nous avait parlé de Parker Drew et de son retour en ville. Sa mère faisait partie du conseil municipal et de ceux qui avaient voté pour elle, donc il était certain qu'elle lui en avait parlé car elle voulait que tous ses enfants soient heureux en ménage —et qu'ils s'entraînent au moins à lui faire des petits-enfants. Peut-être que Mme Duke espérait qu'ils tenteraient une seconde fois leur chance en amour ensemble.

C'était sûr qu'ils tenteraient à nouveau leur chance pour baiser. Et avec de la chance bientôt, après le déjeuner d'aujourd'hui.

Parker —en tant que shérif—avait dû aller au ranch des Duke pour s'occuper d'un pauvre con et Gus l'avait vu et désiré. Il avait décidé qu'elle serait celle pour nous trois. Il avait espéré que nous serions d'accord.

Elle serait la bonne pour nous sans aucune hésitation. Quelles étaient les chances pour qu'une femme veuille s'occuper de trois hommes ? Kaitlyn et Ava avaient toutes les deux décidé de s'attacher à deux hommes, mais trois ? Les chances de trouver une telle femme étaient minces. Ou du moins, jusqu'à ce que Parker entre dans la cuisine et je m'étais juré à cet instant que je ferais tout ce qu'il fallait pour qu'elle nous désire.

Elle était La Bonne. Sans hésitation.

Et ensuite, elle avait tout changé en disant *Je veux voir qui a vraiment la queue la plus grande*. Il n'y avait aucun moyen pour mal interpréter cela. Elle *voulait* être avec nous trois.

J'ajustai ma queue, essayant de trouver un moyen de ne pas avoir l'empreinte de la braguette dessus.

Et puis elle était allée encore plus loin, en se soumettant à Kemp. Putain, j'avais une érection depuis que j'avais vu son cul parfait, depuis que j'avais vu ses hanches se tortiller d'envie, tandis que le tâche foncée sur sa culotte s'était agrandie pendant que Gus lui avait dit des obscénités. J'étais assurément un mec qui aimait les fesses. Je m'étais imaginé l'attraper par ses hanches généreuses pendant que je la baiserais par derrière. Et je m'étais aussi imaginé voir des empreintes de main roses là où je lui aurais mis des fessées jusqu'à ce qu'elle oublie sa journée folle. Ou écarter ses fesses généreuses et m'insérer dans ce cul serré. L'ouvrir en l'étirant et la pénétrer profondément. Cela laissait deux autres trous à Gus et Kemp.

Ces deux-là ne pouvaient pas s'empêcher de sourire depuis le déjeuner, depuis que Parker avait reçu cet appel, remonté son pantalon et était partie. Je pouvais comprendre pour Gus car il avait joui sur son cul, mais Kemp devait avoir mal aux couilles. Les miennes me faisaient mal. Et l'idée que nous puissions la revendiquer tous les trois en même temps ? Je m'étais forcé à faire en sorte que ma queue se soumette pendant que je travaillais et j'essayais de ne pas penser au paradis qu'elle avait failli nous montrer. Cela ne fonctionnait pas vraiment.

« Une magnifique femme va passer nous voir ce soir pour que nous reprenions là où nous nous sommes arrêtés, sûrement pour baiser avec nous trois, et toi tu râles et tu te plains comme un vieil homme ingrat, » dit Kemp tandis qu'il jetait la lame dans la boîte pour objets tranchants, puis retirait ses gants en caoutchouc et se lavait les mains dans le lavabo.

Je repris du poil de la bête en l'entendant. « Elle va passer ?

- Est-ce que tu as regardé ton portable récemment ? demanda Gus en sortant le sien de la poche arrière de son jean puis en l'agitant. J'ai son numéro, tu t'en souviens ?

- Je me suis occupé du chat âgé de M. Bracco, puis de Charlie le berger allemand et ensuite d'un perroquet qui a perdu un ongle de doigt de pied, répondis-je en essayant de résumer mon après-midi, et ayant complètement oublié qu'il lui avait demandé à la hâte son numéro avant qu'elle s'en aille.

- Je pensais avoir entendu un oiseau, » dis Gus alors que je prenais mon portable et faisais défiler l'écran.

Gus : *Passe nous voir après le travail. Nous prendrons soin de ta chatte en manque d'affection.*

Je vis qu'il lui avait envoyé ce message juste après qu'elle soit partie.

Parker : *OK*

Sa réponse avait été envoyée beaucoup plus tard —en fait, seulement dix minutes plus tôt—et je supposais qu'elle l'avait envoyé juste après en avoir fini avec l'appel pour lequel elle nous avait quitté. Je savais au moins qu'elle allait bien, merci mon Dieu. Raines n'était pas connue pour être une ville où il y avait beaucoup de crimes, mais des choses affreuses pouvaient se produire partout.

Puis Kemp s'était joint au message groupé.

Kemp : *Etant donné que ta culotte était à moitié par terre, les vêtements sont optionnels.*

Parker : *Je devrais venir nue ?*

« Bordel de merde, » marmonnai-je en l'imaginant arriver

avec seulement un imper et des talons qui criaient « Baisez-moi ». Du coin de l'œil, je vis Gus sourire et lever le menton en ma direction. « Envoie-lui quelque chose pour qu'elle sache que nous sommes tous partants.

- C'est la shérif, bon sang, rétorquai-je.

- Ouais, et si tu te sors la tête du cul, tu baiseras la shérif toute la nuit, » ajouta Kemp qui se séchait les mains.

Il était agaçant, mais il avait aussi raison, et je m'arrêtai pour penser à ce que je pourrais baiser.

Moi : *Nous pouvons te faire jouir que tu sois habillée, nue, en train de chevaucher l'une de nos queues. Même deux d'entre elles.*

J'APPUYAI sur envoyer et leurs deux téléphones vibrèrent. Gus regarda le sien. « Pas mal. » Puis il tapa quelque chose aussi vite que ses deux pouces lui permirent.

Mon portable vibra —nous enlevions la sonnerie pendant le travail— et je lus ce qu'il avait rajouté.

Gus : *C'est exact, pixie. Tu peux nous avoir tous les trois en même temps si tu le souhaites. Et je te promets que tu jouiras.*

SA RÉPONSE APPARUT PRESQUE TOUT de suite.

Parker : *J'en ai besoin. Vraiment. Je quitte le travail à dix-huit heures.*

. . .

« A MON TOUR, dit Kemp avant de taper quelque chose.

- Je ne crois pas m'être déjà autant senti comme un ado de treize ans, » marmonnai-je en regardant vers Gus. Il me sourit, pas du tout troublé par ce que je venais de dire. Nous envoyions des messages groupés à une fille. Ouais, nous étions totalement sous le charme de sa chatte. Aucun mec ne pouvait nous en vouloir, après qu'elle était parfaitement soumise à nous et qu'elle nous avait montré à quel point elle était coquine.

KEMP : *Tu jouiras toute la nuit avec trois mecs qui prendront soin de toi.*

Parker : *Juste en passant, c'est de votre faute si je rencontre le maire avec une culotte ruinée.*

ET C'ÉTAIT TOUT. J'étais fichu. Je pouvais l'imaginer assise dans le bureau du maire, se tortillant à cause du sperme de Gus ainsi que sa culotte trempée parce qu'elle avait beaucoup mouillé. Je me souvenais de ce joli rose, du fait qu'elle avait été si mouillée qu'elle avait été transparente, tout cela à cause de nous. Je pressai ma main sur ma queue, puis je regardai l'heure. « Dans une minute, je dois faire les premiers vaccins à une portée de chiots dans la salle numéro deux. Vous devez me couvrir pendant quelques instants.

- Où est-ce que tu vas ? » demanda Kemp, l'un de ses sourcils se soulevant sous ses cheveux bouclés.

Je penchai la tête. « Dans la salle de bains. Je dois aller me masturber. Je ne peux pas y aller dans cet état. »

Ils regardèrent tous les deux le devant de mon jean. Ma queue était comme un tuyau épais et elle pointait vers ma ceinture. Si je me penchais en avant, le bout en ressortirait sûrement.

« J'étais comme toi il y a une heure. » Kemp passa devant moi et me mit une tape sur l'épaule au passage.

« Amuse-toi bien. Pense à Parker et à sa chatte dégoulinante. »

6

ARKER

« Tu es ravissante, » dit Gus en m'ouvrant la porte.

Il s'arrêta et baissa le regard car la chienne me suivit en trottant comme si elle était, elle aussi, invitée.

« Je vois que tu es toujours accompagnée de ton acolyte, » commenta-t-il tandis qu'elle s'assit et le fixa. Il caressa le haut de sa tête et gratta un endroit derrière son oreille qui lui fit fermer les yeux, comme si elle était au paradis. Je connaissais bien cette sensation ; autrefois j'avais adoré avoir les mains de Gus sur moi.

J'étais jalouse d'un chien, bizarrement.

« Quand j'ai reçu l'appel tout à l'heure, elle m'a suivi jusqu'au 4x4, a grimpé dedans par le côté conducteur et s'est installée sur le siège passager. Je ne pouvais pas perdre de temps pour la faire sortir, donc elle a fait le trajet avec moi. Pam qui travaille à la station est sortie et lui a acheté un sac de nourriture, un lit et quelques jouets. On aurait dit qu'elle avait un nouveau petit-enfant ou quelque chose dans le genre. » Je levai les yeux au ciel en pensant à comment tout le monde à la station avaient réagi en voyant un chien dans les parages. « Je l'ai amené ici pour te la donner. Ses affaires sont dans le 4x4. Je ne suis pas très douée avec les chiens.

- On dirait plutôt l'inverse selon moi, répliqua-t-il, me regardant et ignorant enfin la chienne. Je pense que c'est ta chienne maintenant. »

L'idée ne m'enchantait pas tellement. « Je travaille à temps plein. J'ai des choses à faire. Je ne sais pas m'occuper d'un chien. »

Gus sourit et mit ses mains dans les poches de son jean. « Tu as l'air de bien t'en sortir jusque-là. »

Le nez de la chienne remua et elle s'en alla à la recherche d'une odeur que je ne pouvais pas sentir.

Sans cette distraction, Gus tourna toute son attention vers moi et prit le temps de me contempler.

Après le travail, j'étais rentrée à la maison pour me doucher et mettre quelque chose d'un peu plus attrayant que l'uniforme de shérif et la ceinture de fonction avec une arme à feu à la hanche. Je ne voulais pas être le shérif pour eux. Mince, je l'étais pour tout le monde en ville. C'était de cette façon que les habitants de Raines me connaissait, du moins de nos jours. Peut-être que certains d'entre eux se souvenaient de moi quand j'avais été jeune, mais j'étais shérif Drew désormais.

Je voulais juste être Parker. Rien de plus, surtout avec Gus, Kemp et Poe.

Je m'étais tenue devant l'armoire pendant quinze minutes en me demandant ce que j'allais porter. Même si coucher avec eux —OK, baiser avec eux— était une chose certaine à l'heure actuelle, je voulais qu'ils soient plus qu'attirés par moi. Je voulais que Gus soit comme il avait été auparavant. Il avait été si excité qu'il avait joui en m'ayant à peine touché. Je voulais non seulement être belle pour eux, mais aussi me sentir bien dans mon corps. Je voulais que moi, la shérif Parker qui n'était pas excitante, je puisse allumer trois vétérinaires canons.

En même temps, je n'avais aucune intention d'en faire trop. Je voulais qu'ils connaissent qui j'étais réellement, et cela incluait des jeans légers, une chemise en flanelle rouge et des sous-vêtements torrides. J'avais les cheveux détachés et un peu de maquillage —du mascara, de l'eyeliner et un brillant à lèvres étaient tout ce que je savais me mettre.

J'avais l'impression d'avoir bien choisi, vu le regard enflammé que Gus avait en me contemplant. Il semblait que sa queue était épaisse dans son jean pour moi seulement.

J'avais été émoustillée quand j'avais reçu l'appel plus tôt. Je l'étais encore. Dire que j'étais excitée serait un euphémisme. Kemp n'aurait pas pu savoir qu'une urgence nous aurait interrompu, mais cela avait été presque méchant d'avoir été si excitée, puis d'avoir souffert toute la journée. Je ne leur avais pas menti quand je leur avais dit à quel point ma culotte avait été mouillée.

Bien qu'il eut été le seul à jouir, c'était rassurant de voir que Gus était —encore ? Toujours ? —aussi... empressé pour moi.

Kemp nous rejoignit dans l'entrée. Ils portaient tous les deux un jean usé qui moulait très bien les parties qu'il fallait. Ils avaient des culs fermes, des cuisses musclées et des queues ridiculement grandes. Kemp portait une chemise à carreaux et Gus un tee-shirt noir. Aucun ne portait de chaussures. Bon sang, même leurs pieds étaient sexy.

« Ta chienne est en train de fixer l'aquarium, » dit Kemp

en pointant derrière son épaule avec son pouce tout en gardant les yeux sur moi. Sur mes lèvres pour être précise.

« Ce n'est pas ma chienne, rétorquai-je.

- Je pense qu'elle n'est pas du même avis. Tu devrais lui donner un nom. Cela nous faciliterait tous les choses. »

Je levai les yeux au ciel. « D'accord. Buster. Daisy. Spot. »

Kemp s'approcha et passa ses doigts le long du bas de mes cheveux. Son attention y était fixée quand il me répondit, « Et que penses-tu de Honey ? Elle est bien entraînée. Elle est aussi douce, mais probablement pas aussi douce que ta chatte. J'en ai l'eau à la bouche tellement j'ai envie d'y goûter. »

De la chaleur s'empara brusquement du bas de mon ventre et je pensai soudain à ce que nous allions faire. J'avais fantasmé sur le fait d'être avec plus d'un homme, m'était masturbée en y pensant. J'avais reconnu que j'en avais besoin. Mais cela n'avait été que cela, un fantasme. Maintenant, il allait se réaliser.

J'étais nerveuse, j'avais l'estomac noué. Mon stress devait se voir car il ajouta, « Tu ressembles à un mustang sauvage qui est sur le point de détaler. »

Gus sourit tandis qu'il ferma la porte d'entrée, puis il prit ma main et me guida jusque dans une pièce énorme. J'espérais qu'il ne remarquait pas mes mains moites. Les murs étaient blancs et les ornements et le sol étaient en bois teint. Il y avait de gros faisceaux lumineux au plafond. Le mobilier était en cuir et il y avait une cheminée en pierre sur deux étages. C'était grand, tout comme eux.

Kemp nous suivit et Poe nous rejoignit, arrivant du couloir du fond. Il hocha la tête et mit ses mains dans les poches de devant de son jean. Bon sang, j'avais oublié à quel point il était grand ; je devais lever les yeux pour le regarder. *Beaucoup.*

« Salut, » dit-il, la voix profonde et douce. Son regard fixe me faisait me sentir nue. Exposée. Comme s'il se retenait de... me bondir dessus.

La chienne... Honey, était assise juste devant l'aquarium. Elle tourna la tête pour regarder vers moi, mais n'était pas très intéressée et redirigea son attention vers les poissons colorés qui nageaient.

Elle n'était pas nerveuse. Je l'étais. J'étais *très* nerveuse. Le déjeuner avec eux avait été fou. Dingue ! Et je n'avais même pas eu grand-chose assez à manger pour appeler ça un déjeuner. Non seulement j'avais dit à trois hommes — dont deux que je n'avais jamais rencontré auparavant—que je voulais coucher avec eux... ensemble, mais en plus je m'étais penchée sur le plan de travail de leur cuisine et je leur avais montré mon derrière. Et Gus... Bon Dieu, cela avait été torride. Il avait été trop excité pour garder sa queue dans son pantalon. Ma culotte avait collé toute la journée à cause du sperme qu'il avait fait gicler sur le dos du tissu rose.

Si je n'avais pas reçu cet appel et dû partir, je leur aurais montré encore plus. Sans hésitation. Mes doigts avaient été en train de descendre ma culotte quand nous avions été interrompus. J'avais mouillé à ce moment, seulement à cause de la façon dont ils m'avaient regardé et dont ils m'avaient dit quoi faire. L'idée que trois hommes... Bon Dieu, me dominent, s'occupe de moi sans ménagements, et me touchent avec un besoin frénétique pour que mon esprit surchargé puisse se taire m'avait émoustillé. Excité.

J'avais été si excitée que je les aurais aussi laissés me baiser.

Ce n'était tellement pas mon genre. Bon, peut-être que si. En partie. Je voulais coucher avec Gus, Kemp et Poe. Je voulais écouter la voix profonde de Kemp et obéir à ses ordres. Je voulais me mettre sous Gus et laisser Poe s'occuper de moi avec ses grandes mains—et cette queue qui était sûrement toute aussi grande—mais je n'avais jamais fait quelque chose d'aussi coquin seulement quelques minutes après avoir rencontré quelqu'un.

Mais je connaissais Gus. Je me souvenais de comment cela avait été et j'en voulais davantage avec lui. Quant à Kemp et Poe, c'était ridicule, mais je le *savais* tout simplement. J'avais tout de suite senti cette connexion, ce désir instantané, cet intérêt et cette curiosité. La confiance était nécessaire et cela avait pris du temps avec les mecs dans le passé. Beaucoup de temps. J'avais toujours besoin de cette période de temps où l'on apprenait à se connaître avant de pouvoir laisser quelqu'un m'attacher ou même être verbalement dominant. J'avais besoin d'être dans le bon état d'esprit, et je ne pouvais pas le faire avec quelqu'un en qui je n'avais pas entièrement confiance.

Le fait que je puisse le faire avec ces trois-là... immédiatement, était la raison pour laquelle c'était un peu étourdissant.

Cela voulait dire quelque chose. Ce qu'il y avait entre nous était quelque chose de spécial. Quelque chose de grand auquel je ne pouvais pas penser maintenant.

Tout ce que je savais, c'était que j'avais été excitée toute la journée, même lors de mon rendez-vous avec le maire. Honey m'avait suivi dans la station et à ce rendez-vous. Ce n'était pas tous les jours qu'un chien me suivait partout et c'était une bonne chose que les habitants de Raines étaient décontractés. Par chance, elle l'avait tellement distrait qu'il n'avait pas remarqué que je m'étais tortillée dans ma chaise.

Et les messages qu'ils avaient envoyés. Bordel de merde. Ils avaient tous les trois écrit, promettant que je jouirais, et avait fait que mon désir avait mijoté toute la journée.

« Nous ne te mordrons pas. Sauf si tu le veux, » dit Kemp.

Un mélange de rire léger et de soupir discordants sortirent de ma bouche. « Désolée, tu as raison. Je suis un peu stressée, » lui dis-je, mais mon esprit était bloqué sur l'idée qu'il me morde vraiment. Il me mordillerait un peu, ses dents effleurant le bout de mon sein. Je serrai le centre de mon corps en l'imaginant et le bout de mes seins devinrent durs et frottèrent mon soutien-gorge.

Les cheveux bouclés de Kemp étaient un peu humides, comme s'il sortait de la douche. Je pris une profonde inspiration pour ralentir mon cœur qui palpitait et sentit une odeur boisée. Un savon. Sombre et viril. Il ne s'était pas rasé par contre, et des poils clairs recouvraient sa mâchoire carrée. Son sourire facile faisait apparaître de petites rides au coin de ses yeux. Je pouvais lire les gens—c'était une compétence que j'avais très bien appris lorsque j'avais travaillé dans le bureau de l'adjoint du procureur et que je m'étais occupée de clients qui n'étaient pas aussi innocents qu'ils en avaient l'air, puis je l'avais parfait durant l'école de police—et cela montrait qu'il était facile à vivre. Décontracté.

Et pourtant il avait l'air d'être le plus dominant des trois.

« Toi ? Stressée ? Après ce que tu as fait plus tôt ? commenta Gus, se rapprochant assez pour caresser mes cheveux avec sa grande main.

- Ce que j'ai fait ? Et toi, alors ? rétorquai-je. C'est toi qui as pu jouir. »

Il se contenta de sourire pour me répondre, ses dents blanches contrastant clairement avec sa barbe noire.

Je sentis mes joues se chauffer. « Quand même, » répliquai-je, me souvenant de comment j'avais mouillé de plus en plus et du fait que j'avais été excitée comme pas possible en sentant leurs regards sur moi, en sachant qu'ils avaient pu voir à quel point j'avais été impatiente.

Maintenant, ils s'approchèrent et m'entourèrent. J'avais regardé la maison quand je m'étais garée et avait marché jusqu'à la porte d'entrée. Le terme exact pour la définir serait cabane en rondins moderne. C'était le côté rustique du Montana mais avec de grandes fenêtres pour pouvoir admirer la vue. C'était une grande maison pour de grands hommes. Je savais qu'ils vivaient ensemble et cet endroit leur allait bien.

Tout ce que je pouvais voir, sentir et respirer c'était Gus, Poe et Kemp. De grands hommes qui m'entouraient.

« Je ne l'aurais jamais fait si tu ne me l'avais pas demandé, » admis-je.

Kemp me releva le menton avec son doigt et je rencontrai ses yeux. Je ne m'étais pas rendue compte que j'avais fixé sa chemise tout ce temps. « Tu nous as dit ce que tu voulais. Que tu nous voulais tous les trois. Que tu voulais que nous prenions les commandes. C'était suffisant. Nous l'avons fait... et nous allons continuer de le faire. »

Il dit cela avec une voix tendre, complètement différente de celle qui m'avait fait mouiller et qui m'avait fait baisser mon pantalon.

« Tu es venue ici, même si tu es stressée. C'est très courageux de prendre ce dont tu as envie, » dit Poe et je tournai la tête pour le regarder. Sombre, puissant et des yeux si étonnamment clairs, assortis à son intensité. Son attention entière était tournée vers moi et c'était comme être touchée. Caressée. J'étais captivée et il n'avait même pas encore posé un doigt sur moi. Pas une seule fois. « Nous n'avons pas pu louper à quel point ta chatte mouillait tout à l'heure. Est-ce que tu t'es soulagée en te faisant jouir quand tu es rentrée du travail ? »

Je secouai la tête.

« Tu ne t'es pas mise sur le dos, tu n'as pas écarté les jambes et joué ? demanda Gus.

- Non, » murmurai-je. J'avais voulu le faire. Mon clitoris avait palpité et ma chatte avait été en manque d'affection durant tout mon service. Le bout de mes seins s'était irrité contre mon soutien-gorge, et pourtant je n'avais pas sorti mon vibromasseur comme j'avais voulu le faire. J'avais eu trois mecs canons pour me remplir l'esprit et m'aider à jouir, mais j'avais attendu.

J'avais voulu la réalité pas un ersatz. J'étais contente d'avoir attendu, maintenant que je me tenais entre eux.

« C'est bien, ajouta Gus. Cette chatte nous appartient. Ces orgasmes sont à nous. Tu ne te touches pas sans nous ou sinon tu seras punie. »

Je déglutis en l'entendant et ma chatte s'enflamma. *Punie.*

L'appel d'urgence que j'avais reçu alors que j'avais été occupée à baisser ma culotte pour eux avait été pour troubles domestiques et concernait une femme qui avait clairement été maltraitée par son époux. Il avait ouvert la porte avec un sourire malveillant qui avait prouvé que cela s'était déjà produit et qu'il savait qu'il s'en sortirait impunément. Cela avait été le cas, car sa femme, qui avait de nouvelles ecchymoses sur d'anciens bleus qui s'estompaient, avait refusé de porter plainte. Le fait qu'elle avait appelé à l'aide en premier lieu était le signe évident que son mari avait pris le contrôle et qu'il avait 'changé d'avis' pour elle. Bon Dieu, cela m'avait dérangé. Cela me dérangeait encore, de savoir qu'elle était à la maison avec ce salaud en ce moment. Mais elle était adulte et, à moins qu'elle ne choisisse de le faire arrêter, je ne pouvais rien y faire. Du moins, pas aujourd'hui.

Et parce que Gus avait dit le mot *punie*, cela m'avait tout de suite énervé, mais je m'étais vite calmée. Il ne me ferait pas de mal. Jamais.

« C'est quoi ce regard, pixie ? » demanda-t-il. Ouais, il pouvait me lire comme un livre ouvert. Il avait toujours pu le faire. Cela faisait du bien, après dix ans de séparation. Cela semblait familier.

Je lui racontai l'appel auquel j'avais répondu et ils me regardèrent tous les trois avec un air furieux. Cela ne faisait assurément que confirmer mon choix de ne pas ajouter mon nom au scrutin pour le poste. J'étais la shérif provisoire et rien de plus. Je préfèrerais plutôt retourner travailler au bureau de l'adjoint du procureur et m'assurer que des salauds comme cet homme restent en prison pour toujours. J'avais parlé à Porter Duke, l'adjoint au procureur du comté et, par hasard, le cousin de Gus, au sujet d'un travail dans son bureau. Le poste m'attendait pour le mois de novembre, ce qui me rassurait et me permettait de rester en ville près de maman... et désormais peut-être de trois grands hommes.

Poe dit des injures à voix basse. « Si tu nous dis le nom de ce mec, nous ferons en sorte de nous en occuper. »

Je regardai Poe et souris. Il était vraiment gentil, pour quelqu'un d'aussi grand. Il était impitoyablement déterminé et j'étais certaine qu'il se chargerait de cet enfoiré sans se fatiguer, mais c'était quand même gentil de sa part. « Ce n'est pas quelque chose que tu devrais dire à la shérif, répliquai-je.

- S'il fait du mal à une femme, il mérite ce qui lui arrive, » rétorqua-t-il d'une voix sévère. Puis il s'en alla, passant rapidement sa main dans ses cheveux bruns. De toute évidence, c'était un sujet sensible pour lui.

« Tu sais que ce que nous faisons est différent, n'est-ce

pas ? demanda Kemp, ce qui me fit rediriger mon attention vers lui. Lorsque Gus a dit que nous te punirions, il voulait dire de manière sympathique. Tout ce que nous te donnerons, c'est du plaisir... bientôt. »

Ouais, ce mot était allé à l'encontre de mon être féministe dans son entièreté. Pourquoi est-ce que je ne lui mettais pas un coup de genou aux couilles et ne lui disais pas que je pouvais prendre soin de moi-même, y compris de mon plaisir ? Pourquoi est-ce que je devais donner le contrôle à un homme, ou des hommes ? Pourquoi est-ce que je voulais qu'ils l'aient ?

« Ce salopard a pris le contrôle de sa femme, pixie, dit Gus en effleurant ma joue avec son doigt. Toi, tu nous le *donnes*. C'est un cadeau. Et nous le garderons en sûreté. Tout comme toi.

- Tu mènes la danse, ajouta Kemp. Entièrement. A la clinique, je t'ai dit de te pencher et de nous montrer ton joli cul. Tu l'as fait parce que tu en avais envie, et pour aucune autre raison. Tu aurais pu dire non, ou bien même ananas comme mot de sécurité et nous aurions respecté cela.

- Exactement, pixie, ajouta Gus, plissant les yeux en regardant Kemp, sûrement à cause de mot ananas qui était sorti de nulle part. Comme tu peux le voir, nous te voulons entre nous. Mais seulement si tu veux être là. »

J'étais entre eux deux en ce moment et c'était *exactement* l'endroit qu'il me fallait. Je voulais être entourée, subjuguée et même submergée. Surtout après l'appel reçu plus tôt. Je ne voulais rien faire d'autre que de l'oublier. Oublier tout.

« Nous devons apprendre jusqu'où nous pouvons te pousser, ce qui t'excite. Nous n'irons pas plus loin. »

Je hochai la tête en direction de Kemp. Il semblait être le plus dominant des trois et donner des ordres semblait être dans sa nature.

« Pour reprendre ce que je disais, répliqua Gus. Nous serons aux commandes de cette chatte jusqu'à ce que tu nous dises d'arrêter. Chaque centimètre de ton corps sera à nous. Obéis-nous ou tu auras le droit à beaucoup de fessées.
- Ou nous mettrons un plug dans ton cul, ajouta Kemp.
- Ou nous t'attacherons au lit et nous refuserons de te faire jouir, » dit Gus pour terminer.

Tout cela me faisait trembler. J'avais déjà reçu une fessée et j'avais déjà fait des choses en rapport avec mes fesses. Par contre, me refuser des orgasmes paraissait horrible, car je l'avais vécu toute la journée. J'étais certaine qu'ils pourraient me faire jouir comme jamais, mais ma chatte se contracta tout de même en les entendant. Mon cerveau pensait peut-être une chose, mais le reste de mon corps était là avec ces mecs. C'était un jeu. Même s'ils étaient aux commandes, j'étais celle qui pouvait tout commencer et arrêter.

Je voulais qu'ils me vident la tête, et donc je devais faire taire mon cerveau.

Des fessées, un plug, de la torture délicieusement agréable. Cela me faisait fondre. Cela me faisait mouiller. Cela me fit dire, « Oui, monsieur.
- Oh putain », murmura Kemp, puis il passa son bras autour de ma taille et me tira doucement contre son corps pour que je sois dos à lui. Je sentis chaque centimètre dur et chaud de son corps. Et par là j'entendais non seulement son torse et ses cuisses solides, mais aussi sa queue longue et épaisse qui était pressée contre mon derrière. Il embrassa le côté de mon cou et je fermai les yeux. « Comment fais-tu pour être aussi parfaite ? »

Je souris. « Je suis loin de l'être. Tu ne me connais pas vraiment.
- Je sais que cette partie de ton corps a le goût d'une

brioche chaude. » Il lécha mon cou puis l'effleura doucement avec ses dents. C'était doux mais avec un soupçon de morsure.. J'eus la chair de poule et gémis.

Il passa sa main sur tout mon ventre et le bout de ses doigts effleurèrent le dessous de mes seins. Cela montrait à quel point Kemp était grand, car je n'étais pas petite.

« Je suis sûr que le reste est tout aussi doux, continua-t-il. Surtout ce miel collant entre tes cuisses. »

Kemp était du genre à dire des obscénités, ce qui faisait aussi de lui un homme qui ruinait les culottes, car la mienne était trempée.

« Je m'en souviens, dit Gus. Comme un bonbon. »

Kemp grogna et je sentis le grondement dans mon dos.

« Nous voulons tout savoir de toi, continua Gus. Dans le lit et en dehors. »

Il posa son pouce sur ma lèvre inférieure et j'ouvris les yeux. Je le regardai et vis le regard sombre dont je me souvenais. J'écartai les lèvres et il y inséra le bout de son doigt. Je suçai son pouce et fis tourner ma langue. Je vis sa mâchoire se serrer et ses yeux s'assombrir de besoin. J'avais sucé sa queue longtemps auparavant. Je n'avais pas été très douée car j'avais été plus pressée qu'habile, mais je m'en souvenais. Je me souvenais à quel point il avait été gros dans ma bouche, et à quel point j'avais dû l'ouvrir pour qu'il puisse entrer. Je me souvenais de quel goût il avait et de cette sensation chaude, velouteuse mais aussi dure contre ma langue.

Et il semblait s'en souvenir, lui aussi.

« Si tu continues ainsi, nous n'arriverons pas à aller jusqu'au lit pour cette première fois, » dit Kemp, prenant ma main et la plaçant sur le devant de son pantalon pour que je ne puisse pas rater à quel point sa queue était dure. Et grande. Tellement grande qu'il avait peut-être eu raison lorsqu'il avait dit que Gus avait la plus petite.

Il était prêt. Tout de suite. Je n'étais plus stressée. Mon anxiété s'était évaporée comme la plupart de mes pensées. La bouche de Kemp sur mon cou. Le pouce de Kemp dans ma bouche. Poe était dans les parages.

« Nous allons devoir faire très attention avec toi, pixie, murmura Gus. Nous sommes en charge et pourtant tu vas me faire tomber à genoux avec ta bouche torride. »

Il retira son pouce de ma bouche et se recula. Le bras de Kemp se resserra autour de moi et me tint contre lui, ce qui me rappela que je leur avais donné le contrôle. Gus m'observa.

« Prête, Parker ? » demanda Kemp. Je ne pouvais pas voir son visage, mais le timbre profond de sa voix était entrelacé avec un besoin flagrant.

Je hochai la tête, ma tête se cognant à son épaule.

« Nous avons besoin de t'entendre le dire, » ajouta Gus.

J'avalai ma salive. C'était ce qu'ils attendaient. Le consentement verbal qu'ils voulaient pour jouer et jouer sauvagement.

« Oui. »

Kemp me retourna pour que je lui fasse face puis il arqua l'un de ses sourcils clairs. « Oui, quoi ? »

Je tremblai. « Oui, monsieur. »

Il sourit. C'était un sourire sombre et rempli de chaleur. De promesses.

7

 US

Kemp avait eu raison. Du liquide pré-éjaculatoire coulait presque de ma queue après qu'elle m'ait sucé le bout du pouce, la succion chaude et mouillée. Si je baissais le regard, j'étais certain que je pourrais voir une tâche humide s'agrandir de plus en plus sur le devant de mon jean. Mais je ne regardais rien d'autre que Parker. Et j'avais plein de sperme à mettre en elle. Bien sûr, j'avais été comme un adolescent et j'en avais giclé sur son cul offert. Mais j'avais toujours une érection et gardais le reste de mon sperme pour sa chatte. Ou sa bouche. Ou peut-être même ses fesses.

Alors que Kemp et Poe s'étaient masturbés au travail, je n'avais pas joui à nouveau. Cela n'avait peut-être pas été la meilleure chose à faire, car étant donné la façon dont je me sentais en ce moment, je pomperais quelques fois et j'aurais terminé dès que je serais en elle.

C'était de sa faute, à arriver ici avec une apparence parfaite qui criait *Baisez-moi*. Elle était comme l'adolescente douce et impatiente dont je me rappelais, en mieux. Elle était plus belle. Plus judicieuse. Et tellement canon. Elle avait dû rentrer chez elle pour se changer car même si elle portait toujours un jean, elle n'avait plus son uniforme. A la place, elle portait une chemise rouge avec les deux boutons du haut déboutonnés. Ce n'était rien de tape-à-l'œil ni rien de trop féminin ou de trop chargé, ce qui me plaisait beaucoup.

Avec sa chemise rentrée dans son jean, personne ne pouvait rater le fait qu'elle avait un *vrai* corps de femme avec sa morphologie en huit. Elle avait tout ce qu'il fallait et plus encore. Partout. Et j'aimais cela. Je n'étais pas petit, au contraire, j'étais plus grand que la plupart des femmes. Mais pas elle. Je faisais quelques centimètres de plus qu'elle, mais je n'avais eu à me baisser pour l'embrasser. Et quand elle avait été en dessous de moi et que je l'avais baisé, je me souvenais que cela avait été simple de me pencher vers elle pour l'embrasser sur la bouche, et même sur ses seins volumineux. Et putain, je voulais vraiment les revoir. Je voulais arracher ses boutons pour voir ses larges mamelons que j'avais sucé tendrement. Je voulais les voir durcir à l'air frais et contre ma langue.

Merde. Je ne me souvenais pas d'un temps où ma queue avait été aussi dure. J'aurais besoin que Parker m'aide à régler ce problème car je refusais de jouir comme je l'avais fait plus tôt.

Je pris sa main et la guidai à l'étage où se trouvait ma chambre, tandis que Kemp nous suivait.

Poe s'en était allé après avoir appris pour l'appel au sujet de l'homme qui battait sa femme. Je ne lui en voulais pas d'avoir besoin d'un peu de temps. Ce genre de situation lui faisait toujours quelque chose à cause de sa mère. Mais il devait se reprendre et nous rejoindre ou bien il louperait quelque chose. Kemp et moi pourrions satisfaire Parker, il n'y avait pas de doute là-dessus. Mais elle nous voulait tous et nous lui donnerions tout ce que son putain de cœur désirait. Surtout s'il s'agissait de nos trois queues.

Je la guidai jusqu'au pied du lit. Les chambres de Kemp et Poe étaient à l'autre bout du couloir. Même si nous la partagerions, nous dormirions chacun notre tour avec elle. Oui, je pensais au futur. Je me rappelais ce que nous avions eu, ce pourquoi nous avions été séparés. Cela n'arriverait plus.

Mais cela changeait évidemment la dynamique de rajouter Kemp et Poe. Ce n'était pas comme si nous voulions un lit énorme dans lequel nous pourrions dormir tous les quatre. Cela serait très bizarre.

Cela ne voulait pas dire que nous ne la baiserions pas tous les trois ensemble pour autant. Cela commencerait maintenant.

« Kemp va te déshabiller, pixie. »

Je m'éloignai et m'installai dans la chaise rembourrée près de la fenêtre dans laquelle j'avais l'habitude de lire avant de me coucher. Parker était un peu surprise que je me sois éloigné d'elle, mais j'avais son attention. Surtout lorsque j'écartai les jambes, ouvris mon pantalon et le baissai assez pour sortir ma queue. Elle était si dure que je sifflai en l'attrapant par la base. Je ne l'avais jamais vu avec un air aussi énervé. Elle avait une couleur prune foncé, si remplie de sang que la veine qui la longeait pulsait, toute gonflée. Le bout était luisant de liquide pré-éjaculatoire. Et j'avais joui sur elle plusieurs heures auparavant.

« Tout cela est de ta faute, lui dis-je. Je vais rester assis ici et me caresser en te regardant avec Kemp. Cela sera mon strip-tease privé. Tu es si belle que c'en est trop pour ma queue. J'ai besoin de jouir encore pour me détendre et ensuite je m'attaquerai à toi toute la nuit. »

Elle se lécha les lèvres en regardant mon poing aller de haut en bas. Kemp lui fit tourner la tête pour rediriger son attention vers lui, puis il l'embrassa.

Putain.

Ce n'était pas un baiser doux, ni un petit bisou amical. Il la *dévorait*. C'était un baiser dominateur. Sa langue était insérée profondément dans sa bouche, tandis que sa main se posai sur ses fesses, la rapprochant de lui, et que l'autre se mit dans ses cheveux et les tira. Je pouvais l'entendre gémir, vis le moment où elle lâcha prise et son corps se détendit dans son étreinte.

Enfin, ils s'arrêtèrent pour respirer.

« Kemp, s'il te plaît, l'implora-t-elle, la voix douce et des petits halètements s'échappant de sa bouche.

- La journée a été dure, n'est-ce pas, bébé ? Tes trois hommes t'ont excité et puis tu as dû partir pour répondre à un appel. Et tu n'as pas joui. Ta chatte doit avoir tellement envie d'une queue qu'elle en a mal. »

Elle hocha la tête.

Kemp la poussa délicatement pour qu'elle s'assoie sur le bord du lit, puis il s'agenouilla devant elle. Il lui retira une botte, puis l'autre, avant de s'attaquer à son jean. Il l'avait déshabillé jusqu'à la taille en un rien de temps —Parker avait sûrement été empressée de soulever les hanches pour l'aider—tandis que son pantalon et sa culotte étaient empilés sur le tapis.

Je me caressais et les regardais tandis que tout cela se produisait. C'était mon film porno rien qu'à moi et l'actrice principale était la femme de mes rêves.

Kemp écarta ses genoux et il fixa son entrejambe. Je me

rappelais à quoi elle ressemblait à cet endroit. A dix-huit ans, elle avait eu des poils noirs bien rasés, ses lèvres avaient été assez larges pour écarter sa fente, et son clitoris avait été dur et juste... là... putain.

Kemp se lécha les lèvres et se pencha en avant. Elle n'irait nulle part avec ses grandes mains sur ses cuisses, même si elle ne lui résistait pas du tout.

Elle ferma les yeux et laissa tomber sa tête lorsque sa bouche la toucha pour la première fois. « Kemp ! » cria-t-elle.

Putain, ce cri. Le besoin qui s'exprimait fit jaillir du liquide pré-éjaculatoire sur mon poing. Je me souvenais de quel goût elle avait et j'eus l'eau à la bouche car je voulais à nouveau goûter cette saveur douce et avoir son odeur tout droit sur mon visage.

« Bordel, » dit Poe, entrant dans la pièce avec à la main une grande boîte de préservatifs. C'était intelligent. Nous la viderions cette nuit.

J'étais ravi de voir qu'il s'était repris et était prêt à jouer.

Parker le regarda, les yeux embrumés de plaisir. Elle se tendit un peu, se rendant sûrement compte que deux mecs la regardaient se faire manger la chatte —elle avait été distraite—mais Kemp glissa ses mains entre ses cuisses et je sus l'instant exact où il fit pénétrer un ou deux doigts en elle.

« Attrape l'une de ses jambes et fais-la s'ouvrir pour moi, » dit Kemp, le timbre de sa voix plus profond que je ne l'avais entendu auparavant. Il releva à peine la tête de sa chatte. « Notre puce a fait du si bon travail aujourd'hui, à réserver son plaisir toute la journée juste pour nous.

- Avec plaisir. » Poe se dirigea vers le lit, laissa tomber la boîte de préservatifs, puis posa une main sur sa cuisse nue et la poussa en l'écartant vers sa poitrine. Parker se laissa tomber sur le lit confortable et je pus voir tellement plus de choses. Je pus apercevoir sa chatte très rose, si mouillée que Kemp avait beaucoup de travail pour la nettoyer.

Mes couilles se relevèrent et je pus sentir qu'un orgasme approchait depuis le bas de ma colonne vertébrale. Rien qu'en regardant. Encore une fois.

« Est-ce que Kemp te donne ce dont tu as besoin ? demanda Poe en regardant notre femme.

- Oui ! s'écria-t-elle, se tortillant autant qu'elle pouvait alors qu'ils la tenaient en place.

- Gus, viens ici et attrape son autre genou, » m'ordonna Kemp.

Même si je ne voulais pas lâcher ma queue, je voulais voir Parker jouir de près. Je les rejoins en me poussant hors de la chaise, puis je pris son autre genou et l'écartai pour l'ouvrir davantage. Mon pantalon était toujours ouvert ; il était impossible que ma queue puisse y rentrer avant que je ne jouisse. Ses jambes étaient tellement écartées que Poe et moi pouvions voir Kemp lui lécher la chatte. Il releva la tête un instant pour nous laisser la regarder.

Avant de regarder sa chatte, je me penchai et l'embrassai. Je la regardai dans ses yeux foncés. « Hé, pixie. Il est temps que tu jouisses. »

Elle hocha la tête et se lécha les lèvres. Elle était sur le point de le faire alors que cela ne faisait même pas une minute. Elle avait été préparée toute la journée. Le goût sur ses lèvres et l'odeur torride de son excitation me firent grogner. Je me déplaçai pour pouvoir la regarder.

« Oh putain, ta chatte est si belle. » Et elle l'était. Elle est toute rose et ouverte, ses lèvres étaient écartées pour que nous puissions tout voir. Son entrée se resserra, comme si elle tentait de trouver une queue pour l'insérer dedans. Et elle mouillait tellement, même après que Kemp avait essayé tant bien que mal de tout lécher. Ses cuisses étaient luisantes tout comme la bouche de Kemp. Même son petit trou du cul rose, enduit de son excitation, nous faisait comme un clin d'œil.

« Et si douce. J'avais raison, elle est encore plus douce que le miel, » nous dit Kemp.

Je ne savais pas comment elle se débrouilla, vu son état, mais elle m'attrapa la queue. Son petit poing l'agrippa, puis la caressa une fois et c'était tout ce qu'il me fallut. Je jouis, mes hanches se tordant vers elle. Du sperme jaillit de moi comme d'une fontaine, des jets atterrissant sur l'intérieur de ses cuisses et glissant vers sa chatte. Par chance, Kemp avait relevé la tête. Un plaisir incandescent envahit mon cerveau comme des grésillements, et fit se tendre mes muscles, puis se relâcher. Je grognai tandis que le plaisir m'aveuglait. Tout ce qu'elle avait fait, c'était de me toucher. Je n'étais pas plus doué que lorsque j'avais eu dix-huit ans.

Quand je pus ouvrir les yeux, je la regardai. Elle avait un sourire satisfait sur le visage, bien qu'elle fut celle qui n'avait pas encore joui.

« Oh, tu crois que tu es aux commandes ? demandai-je en essayant de reprendre ma respiration.

- Tu as joui, n'est-ce pas ? » répliqua-t-elle.

La main de Poe atterrit sur ses fesses aussi rapidement que la lumière. Elle sursauta mais ne pus pas beaucoup bouger.

Non, nous la tenions en place. Elle était ouverte en grand.

Il claqua la langue, « Chérie, tu as tout de suite le droit à une fessée si tu es insolente. »

Ma queue était toujours dure ; elle n'allait pas se ramollir de sitôt, surtout en voyant l'empreinte de main de Poe sur sa peau pâle. Mais merci mon Dieu, mon esprit n'était plus troublé par le besoin puissant de jouir. Désormais, je pouvais me concentrer sur elle. Nous avions toute la nuit et avec trois hommes, elle partirait pour le travail demain matin en étant très satisfaite. Je doutais qu'elle arriverait à marcher droit.

« Kemp, notre femme a l'esprit ailleurs, dit Poe.

- Tu as raison, » répondit-il. Il regarda Parker depuis ses cuisses. « Gus et Poe te tiennent, bébé. Cette chatte est à nous. Peut-être que je devrais provoquer un peu plus longtemps ton petit clitoris tout dur. »

Il se pencha et mit un coup à cette perle dure avec le bout de sa langue. Elle bougea sa tête d'avant en arrière.

« Non, je suis désolée. Je serai sage. »

Je ne pus pas m'empêcher de sourire en voyant la moue désespérée qui accompagnait ses mots.

« La seule chose que tu peux faire, c'est jouir », lui dit-il.

Elle gémit et laissa retomber sa tête tandis que Kemp s'occupa d'elle.

Elle voulait que nous prenions le contrôle. Oh, nous le prendrions.

8

 ARKER

Oh. Mon. Dieu. La langue de Kemp était malicieuse et sans pitié. Parfois, j'avais du mal à me laisser assez aller pour qu'un mec me fasse jouir. Mon esprit était trop distrait. Une idée vagabonde. Trop de possibilités. Mais maintenant, Poe et Gus me maintenaient en place, avec les jambes si écartées que je ne pouvais pas me cacher. Je ne pouvais rien faire mis à part sentir la bouche et le doigt de Kemp sur et en moi.

J'avais été si excitée au départ que j'étais sur le point de jouir. Mon cerveau s'était éteint.

Je sentais le coup de langue ferme de Kemp. J'entendais ses doigts mouillés rentrer et sortir de moi. Je respirais l'odeur musquée du sperme de Gus sur mes cuisses. Ma propre excitation. Je levais les yeux et voyais deux hommes, ainsi que leurs regards fixés sur ma chatte et la tête de leur ami qui me poussait à bout.

Mes muscles se tendirent, tandis que de la chaleur se propagea et grésilla dans tout mon corps. Je criai, m'abandonnai aux sensations, en plongeant dans le plaisir le plus incroyable et aveuglant que je n'avais jamais ressenti.

Et cela n'avait été causé que par la bouche de Kemp et ses doigts. J'avais trois queues avec lesquelles m'aventurer. Alors que je reprenais mon souffle, Kemp releva la tête pour m'embrasser sur le genou et s'essuya la bouche avec le dos de la main.

Oh, il était très fier de lui.

Et il avait raison de l'être.

Kemp se mit debout et commença à se déshabiller.

Poe fit glisser sa main et la passa sur ma chatte. Je sursautai et détournai le regard du magnifique corps que Kemp révélait petit à petit pour regarder Poe.

« Chérie, ces poils doivent partir. Je te raserai complètement plus tard. Pour le moment, il est temps de te relever. »

Gus et lui me changèrent de place comme si j'étais minuscule, en me soulevant et en me manœuvrant pour que je sois agenouillée sur le lit. Ils me retirèrent rapidement ma chemise et mon soutien-gorge pour que je sois entièrement nue.

Puis ils s'immobilisèrent. Et ils me fixèrent.

Kemp, qui était désormais nu et se caressait la queue, me fixa.

« Bordel, murmura Poe.

- Elle est magnifique, n'est-ce pas ? » demanda Gus. Il prit mon sein dans sa main. « Ils sont plus volumineux que dans mes souvenirs. »

La grande main de Poe empoigna l'autre. Je sentis sa main calleuse contre ma peau douce.

« Je... Je suis volumineuse de partout, » murmurai-je.

Le bout de mes seins avait toujours été très sensible et ils l'apprenaient en ce moment.

Leurs mains se mirent à errer sur mes seins, mes épaules, ma taille, mes hanches, mes fesses et même sur ma chatte.

« Tu es volumineuse, dit Poe pendant que sa main pressait mes fesses. Idéale pour un mec comme moi.

- Mets-toi à quatre pattes, bébé, » dit Kemp, se rapprochant du pied du lit.

Je sus qu'à l'instant où je me pencherais en avant et que je placerais mes mains sur le matelas, je me tiendrais en position pour lui faire une fellation.

Je me léchai les lèvres.

Poe attrapa la boîte qui était à côté de moi sur le lit, puis il l'ouvrit et en sortit une longue bande de préservatifs.

« Sois gentille et suce la queue de Kemp, et je baiserai ta chatte, » dit-il en se débarrassant de ses vêtements.

Kemp leva l'un de ses sourcils clairs tandis qu'il continuait de se toucher. Je pouvais pu dire non, même si Poe m'avait donné un ordre. Je pouvais tirer un trait sur mon consentement, ici et maintenant. Kemp attendait, s'assurant que je choisissais d'obéir.

Leur domination ne marchait que si je me soumettais à eux, comme il l'avait dit.

Je voulais qu'ils l'aient. J'étais toujours un peu sonnée après mon orgasme, mais ma chatte languissait d'être remplie. J'avais été apaisée mais pas comblée. J'en voulais davantage. J'en avais *besoin*.

Je me penchai, posant une paume sur le lit, puis l'autre. Je savais que mes seins pendaient et qu'ils se balançaient. Mes fesses étaient en l'air et tandis que Poe attrapait un préservatif et rampait sur le lit derrière moi, il pouvait tout voir. Je n'avais pas juste retiré mes vêtements : j'étais nue dans tous les sens du terme pour eux. Je l'étais aussi émotionnellement, car ils m'amenaient à des endroits où je n'étais jamais allée auparavant, mais auxquels j'avais toujours voulu aller.

Des endroits sombres. Des endroits obscènes.

Le sexe de Kemp était plus grand que celui de Gus. Plus large. Alors que celui de Gus était couvert de poils noirs, ceux de Kemp étaient pâles, comme lui. Le sommet était dilaté et du liquide pré-éjaculatoire s'écoulait de la petite ouverture. Quand il s'approcha, je sortis ma langue et le léchai. Une saveur salée et acidulée s'empara de ma langue.

Ses hanches se projetèrent en avant et j'ouvris la bouche pour y insérer la tête. Elle était chaude sur ma langue, et dure, alors que la peau était douce comme de la soie. Kemp caressait mes cheveux pendant que je le regardais. Sa mâchoire était serrée mais un sourire se formait sur ses lèvres. Ses yeux clairs étaient enflammés et je sus qu'il aimait la vue que je lui offrais. Il avait sa queue dans ma bouche pendant que Poe ouvrait un préservatif. Les seuls bruits qu'il y avait dans la pièce étaient ceux de l'emballage que Poe mettait en boule et de ma langue qui lapait la queue de Kemp. Sauf lorsque j'aspirai mes joues et suçai, ce qui fit grogner Kemp. Une irruption de liquide pré-éjaculatoire enduit ma langue et je l'avalai.

Les mains de Poe se posèrent sur mes hanches, me tenant en place tandis qu'il s'insérait en moi, seulement de deux ou trois centimètres. Je me resserrai sur lui et pressai, en voulant davantage.

« Je suis grand, chérie. Es-tu prête à ce que je rentre complètement ? » demanda Poe.

Je ne pouvais pas tourner la tête vers lui car j'avais la bouche pleine avec Kemp.

- Elle te prendra complètement, Poe, » le rassura Kemp.

« Elle n'a pris que le bout pour l'instant, mais elle peut en prendre plus. N'est-ce pas, bébé ? »

Je tortillai les hanches autant que je le pus, impatiente que Poe s'insère profondément. Il en était de même pour Kemp, je voulais qu'il remplisse ma bouche.

« Ne t'en fais pas, » dit Gus. « Avec trois mecs, tu auras le droit à plus que la partie émergée de l'iceberg. » Je sentis un doigt tapoter l'entrée de mon derrière. C'était le doigt de Gus. Oh, bon sang. Des terminaisons nerveuses qui n'avaient pas encore été éveillées prirent vie soudainement. Je gémis autour de la queue de Kemp. « Dans chaque trou. »

Le doigt de Gus tournait autour de mon derrière et faisait pression contre celui-ci, tandis que Poe me pénétrait profondément, me remplissant avec tous les centimètres énormes de sa queue pendant que Kemp agrippait ma nuque et me nourrissait avec son bout de viande épais.

Je n'étais pas habituée à autant de mains sur moi, ni à autant de queues, c'était donc étourdissant. Les émotions et sensations que je ressentais du fait que l'attention de trois hommes était portée sur moi était incroyable.

Poe atteignit le fond, ses cuisses appuyant contre les miennes. Je me sentais si remplie. Puis, il commença à bouger, se glissant hors de moi presque entièrement, comme si les lèvres de ma chatte étaient les seules choses qui le retenaient en moi, et ensuite il s'enfonça rapidement.

Je gémis à nouveau et Kemp se mit à baiser ma bouche, allant lentement de plus en plus loin à chaque fois. Je gardais les yeux sur lui et il me regardait attentivement pour voir jusqu'où il pouvait aller. Je ne pouvais pas bouger la tête pour m'occuper de sa queue. A la place, il baisait ma bouche pendant que Poe baisait ma chatte. Chaque pénétration profonde faisait que les couilles de Poe se heurtaient à mon clitoris sensible.

« Elle va jouir. N'est-ce pas ? » demanda Kemp, tandis que ses hanches bougeaient un peu plus vite. Il touchait à peine le fond de ma gorge. Il avait un contrôle ferme sur ses mouvements, pour quelqu'un qui était également sur le point de jouir.

« Sa chatte se cramponne à ma queue, » dit Poe en grognant.

Le doigt de Gus se perça un chemin dans mes fesses ; la brûlure légère que cela provoqua combinée au plaisir sombre que je ressentais me poussèrent à bout.

Je jouis, mon corps tressauta mais je ne bougeai pas car ils me tenaient fermement. Je criai, mais ma bouche était pleine d'une queue. Le bout de mes seins se durcirent comme des petits cailloux et ma peau se mit à transpirer. Ma chatte et mon cul se resserrèrent violemment, en à-coups charnels, car ils voulaient que Poe aille plus profondément et qu'il reste en moi aussi longtemps que possible. Ils voulaient également que Gus glisse son doigt encore plus loin, pour que tout soit tendu.

Kemp resserra ses doigts sur ma nuque tandis qu'il s'enfonça et grogna. Sa queue gonfla et il se retira. « Ouvre. »

Je fis comme il m'ordonna, même si le plaisir parcourait toujours mon corps. Il peignit ma langue avec son sperme, ses yeux fixés sur la façon dont il remplissait ma bouche.

Les bruits forts que faisait la peau de Poe en frappant contre la mienne débutèrent juste avant que je ne sente ses doigts se resserrer sur mes hanches. Il cria en se maintenant profondément en moi. Je ne pouvais pas sentir son sperme me recouvrir car le préservatif faisait son travail. Bien que cela fut une précaution attentionnée, je languissais de le voir me marquer. Je mourais d'envie de voir son sperme m'enduire, de le sentir s'échapper de moi, en sachant qu'il y en avait trop pour que tout rentre, surtout lorsque sa queue me remplissait déjà à ras bord.

Je gémis quand Gus sortit son doigt de mon derrière.

Kemp fit glisser sa main jusqu'à mon menton et l'empoigna. Je le regardai ainsi que Gus. « Avale. »

Je suivis l'ordre de Kemp et fermai la bouche. Sa grande décharge coula le long de ma gorge tandis que je sentis son goût s'attarder sur ma langue.

Gus se déshabilla en un temps record, alors que Poe sortit de moi et se laissa tomber à mes côtés sur le lit, son grand corps faisant pencher le lit. « Passe-moi un préservatif, Poe. »

Je me rassis sur les talons. Ma chatte était gonflée et me faisait un peu mal, mais je savais que je n'en avais pas terminé. Je ne le voulais pas.

Poe glissa sa main le long de mon dos et tourna ma tête pour m'embrasser. Il était doux, sa langue presque joueuse en comparaison avec le baiser brutal de Kemp plus tôt. « Tellement douce, » murmura-t-il en plaçant mes cheveux en sueur derrière mon oreille.

« Viens vers moi, pixie. Viens chevaucher ma queue, » dit Gus.

Je m'éloignai du baiser de Poe et fixai ses yeux bleus un instant. Il hocha la tête, puis m'aida à me mouvoir pour que je sois à califourchon au niveau de la taille de Gus, dont la queue recouverte d'un préservatif se tenait en l'air, droite comme un piquet. Il avait joui peu de temps auparavant et pourtant il était à nouveau prêt.

Il me fit un grand sourire.

C'était le mec dont je me souvenais, celui dont j'étais tombée amoureuse des années plus tôt. Bien sûr, la barbe le faisait paraître plus âgé, mais c'était comme si aucun temps ne s'était écoulé.

Oh, j'avais pris du poids. Mes seins avaient pris du volume et mes hanches s'étaient élargies. J'avais quelques rides et sans aucun doute de la cellulite. Mais ils n'avaient rien dit, n'avaient parlé d'aucun de mes défauts. C'était comme s'ils ne les voyaient pas.

Gus était plus musclé que dans mes souvenirs. Les poils foncés qui recouvraient son torse étaient nouveaux. Il n'en avait pas eu auparavant. Il y avait seulement eu une fine ligne qui allait de son nombril à ceux se trouvant à la base de son pénis. Il avait des muscles désormais, des tablettes de chocolat qui montraient qu'il était sportif, très sportif.

Impatiente, je me mis sur les genoux et passai au-dessus de son corps, puis je me baissai et le pris profondément en moi.

« Oh putain, pixie, » murmura-t-il quand je fus assise sur ses cuisses, cette fois avec sa queue enfoncée en moi.

Je ne pouvais pas rester immobile, par conséquent je bougeais, me soulevais et me baissais, en faisant des mouvements circulaires et des va-et-vient.

« C'est le paradis, cette chatte. Pas vrai, Gus ? » demanda Poe. Il était de retour de la salle de bains après s'y être débarrassé du préservatif. Je cessai de bouger et le fixai.

Poe était nu, et je pus enfin apercevoir chaque centimètre de son corps. Il était si massif. Il avait de gros muscles, des poils bruns sur les bras et les jambes, et il en était recouvert au niveau du torse. Sa queue pointait droit vers moi, dure comme de la roche.

« C'est notre seconde chance, Parker, dit Gus , et je le regardai à nouveau.

- Je crois que Kemp a raison, » dis-je en lui souriant.

Il leva un sourcil. « Ah bon ?

- Je crois bien que ta queue *est* la plus petite. »

A cet instant, il m'agrippa les hanches et me tint en

place. « Kemp, va chercher le plug anal que tu as acheté. Notre femme est trop insolente pour son bien. »

J'ouvris la bouche, mais il passa sa main derrière mon cou et m'abaissa pour m'embrasser. Sa queue était peut-être enfoncée jusqu'au fond de ma chatte, mais c'était notre premier baiser en dix années. Je me souvenais de ses lèvres, du goût qu'il avait, mais la barbe était nouvelle. Je faisais des cercles avec mes hanches pendant que nous nous embrassions encore et encore, tandis que mes seins s'écrasaient contre son torse.

Je soulevai seulement la tête lorsque je sentis un filet de liquide froid entre mes deux fesses. Je regardai par-dessus mon épaule. Kemp tenait en l'air un plug anal. Il était bleu turquoise et en silicone. « As-tu déjà eu quelque chose dans ton cul, bébé ? demanda-t-il.

- Oui, » répondis-je, alors qu'il appliquait avec son doigt le lubrifiant sur mon trou plissé. Par instinct, je tentai de ne pas le laisser entrer.

Poe, qui se tenait aux côtés de Kemp et me regardait, me mit une fessée. « Laisse-le entrer. »

Cela me fit évidemment me resserrer davantage et Gus siffla. « Je suis en train de mourir, ici. J'ai besoin de la baiser. »

Kemp laissa tomber le plug et en attrapa un autre dans la table de chevet. Ce n'était pas un plug mais un jouet. C'était une longue barre de perles en silicone placées tous les deux ou trois centimètres. Elles devenaient de plus en plus grandes jusqu'au bout où se trouvait un anneau. Un anneau de traction dans lequel il fallait placer un doigt pour faire ressortir les perles.

Je me resserrai encore.

« Putain. » Gus attrapa mes hanches et me baisa, me soulevant et me baissant pendant qu'il soulevait rapidement les hanches. Il n'était pas doux et mes seins se balançaient. Il s'arrêta après un long moment et je pus reprendre mon souffle. J'étais sur le point d'avoir un orgasme, mon clitoris se frottant à lui lorsque je bougeais, mais cela n'avait pas été *vraiment* assez.

« Occupe-toi de son insolence, maintenant, » dit-il, la voix rauque et de la sueur perlant son front. Son visage était rouge et il avait l'air d'un dieu. Un dieu avec une grande queue.

Et désormais, davantage de lubrifiant était appliqué au niveau de mon entrée arrière puis à l'intérieur, suivi par les perles. Je criai de surprise après que la première perle fut entrée. Gus me baissa pour m'embrasser et je sus que cette position donnerait un meilleur angle à Kemp pour qu'il s'occupe de mes fesses.

Je m'étais sentie pleine avec la queue de Gus en moi, mais désormais, les perles m'étiraient alors que Kemp faisait doucement entrer la suite. Il m'écarta de plus en plus jusqu'à ce qu'une autre pénètre rapidement et silencieusement à l'intérieur. Les perles, ainsi que Gus me faisaient me sentir si pleine.

Gus m'embrassait tandis que je gémissais, tandis que je laissais entrer chacune de ces perles. Je ne pouvais qu'imaginer ce que Kemp et Poe voyaient. J'avais non seulement englouti la queue de Gus, mais aussi une rangée de perles en silicone.

« Pourrons-nous un jour remédier à ton insolence ? » demanda Poe en me caressant les cheveux.

- J'en doute, » répondis-je.

Kemp tira un coup et l'une des perles sortit promptement. Je sursautai, arquai le dos puis me contractai.

« Oh mon Dieu, » dis-je en gémissant.

Gus sourit. « Peut-être qu'un autre orgasme te rendra docile. »

Il ne dit rien d'autre, et se contenta de me bouger, de me baiser, de s'occuper de moi jusqu'à ce j'arque le dos et jouisse. La sensation forte de sa queue caressant mon point G —comment faisait-il cela ? —déclencha l'orgasme.

Puis je criai lorsque Kemp retira les perles une par une. Je fus submergée par une double sensation : celle d'avoir quelque chose frotter mon clitoris et mon point G et celle du plaisir sombre et un peu douloureux qu'offraient les perles anales.

Je ne faisais que trembler et transpirer lorsque Gus cria mon nom et jouit.

Quelqu'un m'aida à me soulever du corps de Gus et je me pelotonnai sur le lit.

« Ce n'est pas terminé, Parker. Les vilaines filles insolentes se font baiser le cul. »

Je fus à nouveau déplacée, cette fois afin que je sois penchée sur le côté du lit. Mes pieds étaient sur le sol et un oreiller était coincé sous mes hanches. Cette fois, il y eut plus de lubrifiant froid, ce qui fit du bien à mes tissus qui venaient d'être échauffés, puis ensuite un autre emballage de préservatif fut ouvert.

Une main tira l'une de mes fesses sur le côté, et un doigt s'insérera dans mon entrée arrière. Il s'insérera profondément, mettant de plus en plus de lubrifiant à l'intérieur.

« N'est-ce pas magnifique ? » demanda Kemp.

Bon sang, il était du genre à dire des obscénités. C'était lui qui avait un côté sombre. Poe était peut-être intense et Gus décontracté, mais Kemp avait des idées perverses qui ressemblaient aux miennes. Il était celui qui me pousserait, qui me donnerait ce que je n'imaginais même pas avoir besoin. Pourtant, il attendait que je lui dise oui.

Je hochai la tête, qui était enfoncée dans l'oreiller, tandis qu'un deuxième doigt se joignit au premier, m'étirant encore plus que les perles.

« J'ai besoin de t'entendre le dire.
- Oui, monsieur.
- Oh, tu es si adorable. Mais oui, monsieur, quoi ? »

Je tentai de contrôler ma respiration tandis qu'il ajouta un troisième doigt. J'avais déjà fait des choses avec mes fesses auparavant. Ce n'était pas nouveau pour moi, mais cela n'avait jamais été comme cela. Cela avait toujours été le mec qui avait voulu me baiser les fesses. Rien de plus.

Mais Kemp me faisait me soumettre de la plus intime des manières. Il me faisait admettre que je le voulais, le faisant sembler si coquin alors que cela ne l'était pas, surtout entre nous quatre. Mais le fait que j'étais une vilaine fille ne faisait qu'ajouter un niveau à leur domination.

« Oui, monsieur, je... j'ai besoin qu'on me baise le cul. »

Poe rampa sur le lit, se mit à genoux puis les écarta en grand devant mon visage. Sa queue était juste là. Je sentis du savon, comme s'il s'était lavé quand il était allé se débarrasser du préservatif dans la salle de bains.

« C'est exact, » répliqua Kemp.

Je gémis et regardai par-dessus mon épaule. La queue recouverte d'un préservatif de Kemp —qui luisait à cause d'un excès de lubrifiant—était positionnée entre mes fesses, la tête donnant un petit coup à mon entrée bien nappée.

Il fit passer le bout et poussa. Gus mit un peu plus de lubrifiant autour mon entrée. Poe tourna ma tête et concentra mon attention sur lui. « Suce ma queue, chérie. »

Je gémis lorsque Kemp s'inséra au-delà de mon anneau de muscles serrés. J'étais étirée, si largement que s'en était incroyable, mais cela faisait bizarrement du bien. C'était dissonant. Intense. Sombre. Après avoir récupéré mon souffle, je pris Poe dans ma bouche. Il alla doucement, faisant attention en baisant ma bouche. Je le regardai, le vis m'observer pendant que son gros morceau de viande disparaissait dans ma bouche. Cependant, il regardait de temps en temps mon dos, où Kemp s'insérait de plus en plus profondément en moi, jusqu'à atteindre le fond.

Ce ne fut qu'à cet instant qu'ils se mirent à bouger. Ils allèrent doucement mais sûrement. Je me sentais... Transpercée. Dominée. Contrôlée. Je ne pouvais pas bouger. Je ne pouvais rien faire, mis à part les laisser me baiser. Savoir cela me donnait envie de jouir. Je ne m'étais jamais sentie aussi soumise. Jamais. Je jouis lorsqu'une main se fraya un chemin entre mes cuisses et trouva mon clitoris. Ce fut instantané. Je jouis sur la main de Gus, la chatte vide. Poe pressa sa queue sur le fond de ma bouche, la tête large au fond de ma gorge lorsqu'il jouit. J'avalai son sperme, encore et encore, jusqu'à ce qu'il sorte de moi.

Kemp continua de me baiser lentement jusqu'à ce qu'il jouisse, lui aussi. Au fond de mes fesses.

J'en avais fini. Je n'en pouvais plus. J'étais ruinée.

« Ce n'est que le début, pixie, » murmura Gus en embrassant ma tête, puis en me tirant sous les couvertures. « Je ne te laisserai plus partir.

- *Nous* ne te laisserons pas partir, » ajouta Kemp.

J'avais dû m'endormir, car la pièce était dans le noir et la tête de Gus était entre mes cuisses lorsque j'ouvris à nouveau les yeux. Nous étions seuls, le grand lit rien que pour nous.

Puis, des heures plus tard, lorsque l'aube rendit le ciel rose, je me réveillai et Poe me prit dans ses bras et me porta —me porta ! —jusque dans la salle de bains et me fit prendre une douche chaude. Là, il m'installa sur le banc, écarta mes cuisses et me rasa, comme il l'avait promis.

Après cela, il me baisa, puis il me quitta alors que je n'avais plus de force.

J'aurais été en retard pour le travail si Kemp n'était pas parti faire du sport. Même sans avoir fait un sport différent avec lui ce matin, j'avais des courbatures qui me faisaient du bien et un sourire sur le visage lorsque je me dirigeai vers le 4x4 du shérif, avec Honey juste derrière moi.

9

EMP

« Je trouve cela très romantique que Gus ait une seconde chance avec Parker, » dit Julia. Elle plaçait des assiettes sur la table en teck, en faisant le tour. Ses cheveux roux reflétaient le soleil de début de soirée, ce qui les faisaient paraitre encore plus vifs.

Le dîner hebdomadaire de la famille Duke se tenait au ranch car c'était au tour de Gus de l'organiser. Même si M. et Mme Duke n'étaient toujours pas rentrés de leur croisière en Méditerranée, le reste de la famille se rassemblaient quand même. Il faisait si bon que nous mangions dehors, sur le grand patio. L'énorme gril était allumé et de la fumée en sortait, tandis que l'odeur de viande cuite au barbecue faisait gargouiller mon estomac. J'avais faim, et pas uniquement de nourriture.

Parker arriverait après son service et j'étais pressé de la voir. Ma queue l'était aussi.

La laisser partir avait été dur ce matin. J'aurais aimé qu'elle reste nue toute la journée. Merde, ce que nous avions fait avec elle. Elle avait été si réactive. Cela avait presque été naturel. Nous ne l'avions pas attaché —ou utilisé ses menottes—et nous ne lui avions pas mis de fessées... à peine. Elle n'était pas restée nue toute la journée pour que nous puissions la pencher en avant sur n'importe quelle surface disponible et la baiser. Nous n'avions pas mis un plug dans ses fesses et nous ne lui en avions pas fait porter. Mince, ce n'était pas comme si elle pouvait le garder en elle quand elle allait au travail, mais je lui en mettrais certainement un et la ferai aller au supermarché avec. J'eus une érection en pensant à mon sperme sur sa langue, puis à comment elle l'avait avalé comme si c'était sa friandise préférée.

Ouais, j'étais fichu. C'était une bonne chose qu'elle n'allait pas travailler pendant les deux prochains jours. Tout type de jeu coquin était encore une possibilité.

Mais ce que Julia avait dit me fit sourire et regarder Gus.

Il caressait sa barbe avec son pouce et j'étais certain qu'il se disait que ce que nous avions fait avec Parker n'avait *rien* de romantique. Cela avait été sale, au mieux. J'eus l'eau à la bouche car je voulais à nouveau goûter à sa chatte. Rien qu'en pensant à la façon dont ses parois intérieures s'étaient resserrées sur mes doigts quand elle avait joui la première fois, ou plus tard lorsque j'avais été jusqu'aux couilles dans ses fesses étroites. Ma queue voulait à nouveau être en elle.

« Je ne la revendique pas tout seul, tu sais, » lui dit Gus.

Elle plaça la dernière assiette sur la table puis nous fit face. Elle sourit avec un air mélancolique. « Je sais. Je suis contente que vous ayez trouvé quelqu'un ensemble. Vous attendiez depuis un moment. »

De ce que je savais, Julia était célibataire. Elle était sortie avec quelques mecs —Gus avait râlé en parlant des rendez-vous auxquels elle était allée, qui avait consisté en de simples soirées dîner et film—mais elle n'était restée avec aucun d'entre eux. Aucun n'avait valu la peine d'être invité aux dîners du dimanche. Il était certain qu'elle voulait aussi trouver le Bon, surtout maintenant que ses trois frères avaient trouvé la Bonne. Je souris en me rendant compte que c'était vrai. Gus avait trouvé sa femme et elle était aussi la mienne et celle de Poe. Nous nous étions seulement rencontrés la veille et pourtant, elle était à nous. Pour de bon.

Je voulais serrer Julia dans mes bras, lui dire que le bon mec valait la peine qu'elle attende, qu'il la traiterait comme une reine ou ses frères, ainsi que Jed, Colton, Poe et moi-même le passeraient à tabac. Elle le savait, et peut-être que cela lui mettait la pression, car tout homme la désirerait devrait être tellement sous son charme qu'il se moquerait de ce que nous lui ferions tous. Car s'il n'avait ne serait-ce qu'une mauvaise pensée envers Julia, ou pire encore s'il lui faisait du mal, sa main serait tranchée jusqu'au poignet. Et s'il pensait à faire la moitié des choses sales que nous avions fait avec Parker... Il serait enterré quelque part dans le ranch, et personne ne le reverrait.

Mais je ne voulais pas l'embarrasser, ni rendre évident pour ses frères qu'elle voulait elle aussi une histoire amoureuse, donc je me tus.

Julia retourna à l'intérieur. Il n'y avait que les hommes sur le patio, désormais. Les femmes étaient dans la cuisine. Elles nous avaient laissé nous occuper du gril, même si je ne doutais pas qu'elles pouvaient s'en occuper tout aussi bien. Gus, Colton et Jed se détendaient sur des chaises longues pendant que Tucker et Duke s'occupaient du gril —non pas qu'il s'agissait d'un travail pour deux personnes. Poe était adossé contre la rambarde.

« Je suis surpris que tu sois là, » dit Tucker, soulevant le couvercle du gril puis retournant un steak qui grillait. Bien que son surnom fut T-Bone, il ne devait pas son surnom à la viande de bœuf que produisait le ranch. Oh que non. Je n'avais aucun doute que le regard satisfait sur le visage d'Ava signifiait que sa queue était un morceau de viande considérable. Et Colton ne la laisserait pas insatisfaite, non plus.

« Est-ce qu'elle est sortie en cachette à l'aube parce que tu ne l'as pas satisfaite ? Je pensais qu'elle prendrait *un peu* de plaisir avec vous trois, dit Duke pour le taquiner, tenant ses doigts collés l'un à l'autre.

- Ouais, petit frère. Il y des vidéos sur internet, si tu n'arrives pas à trouver son clitoris, » ajouta Tucker avec un large sourire.

Gus se contenta de fixer ses frères. Il avait assurément appris qu'il ne devait pas leur donner plus matière à se moquer de lui.

« Vous arrivez à avoir Parker entre vous et vous la laisser partir au travail, ajouta Jed. Est-ce qu'elle peut marcher droit après avoir pris trois queues ? »

Gus sourit et Poe fronça les sourcils.

« Je ne vais pas même parler de la façon dont Parker nous prend. Vous, les Duke, vous pouvez vous moquer et faire des blagues, grommela Poe. Mais cela ne me plait pas qu'elle soit partie ce matin pour être la shérif du comté. » Il se dirigea vers la glacière et prit un soda.

« Je pensais que Parker serait celle qui aurait quelque chose coincé dans les fesses, et pas toi, Poe » dit Tucker en souriant. Ils nous taquinaient et se moquaient de nos vies sexuelles, mais ce n'était que de la fausse provocation entre frères. Aucun d'eux ne manquerait de respect à une femme vis-à-vis de ses désirs sexuels. Et même si Parker avait eu ma queue au fond de ses fesses la nuit d'avant, aucun de nous trois n'aurait partagé cela avec qui que ce soit. Il ne faisait que taquiner Poe. Les blagues étaient toujours sur les performances du mec, pas celles de la femme. Elle était tout aussi libre de baiser comme elle le voulait qu'un mec.

Poe se leva, fit un doigt d'honneur à Tucker, puis ouvrit sa cannette. « Tu es soucieux de protéger Ava. Est-ce que tu la laisserais faire le travail de Parker ? »

Le sourire de Tucker se dissipa et il réfléchit un instant, jeta un coup d'œil vers Colton. Puis il regarda Poe et hocha la tête. « Message passé.

- Elle est à nous, c'est certain, » commença Gus. Il était assis sur l'une des chaises longues avec un thé glacé à la main.

Je savais que Tucker et Colton avaient vu Ava une fois et avaient su qu'elle était à eux. Duke et Jed avaient aperçu Kaitlyn depuis le bar et étaient tombés sous son charme. Donc il n'était pas extraordinaire que nous ayons vu Parker pour la première fois la veille, que nous l'ayons baisé sans relâche durant la nuit et que nous disions aujourd'hui qu'elle était nôtre.

« Mais elle a un travail, continua Gus. Un travail important. Des responsabilités. Vous n'avez pas empêché Ava de gérer le Seed and Feed après qu'elle vous a enfin dit oui pour être avec vous.

- Et Kaitlyn travaille toujours à la bibliothèque, ajoutai-je. En parlant de ne pas pouvoir marcher droit, vous la laissez reprendre son souffle parfois. »

Même si je doutais que Duke et Jed aimaient que Kaitlyn se soumette à eux, ils étaient dominants, et j'étais sûr qu'ils prenaient les commandes au lit. Mais certainement autant que Parker en avait besoin.

Jed fit un grand sourire. « Mais elle a démissionné de son travail à l'hôtel. Au départ, elle n'avait pas été très emballée à l'idée que nous l'aidions financièrement, mais elle a eu le sentiment qu'elle pourrait se débrouiller seule après avoir réparé la maison et l'avoir mis en location. Elle s'est dit qu'elle pourrait à nouveau être autonome.

- Même si elle n'aura jamais besoin de l'être, » ajouta Duke.

Je pouvais comprendre pourquoi Kaitlyn ne voulait pas dépendre financièrement d'un homme, surtout que son père avait été un ivrogne bon à rien... et pire encore d'après ce qu'avait dit Gus. Mais je connaissais Duke et Jed. Elle était à eux et ils ne comptaient pas la laisser tomber. Jamais.

« Et Parker est la shérif, » dit Tucker, en refermant le couvercle du gril. De la fumée s'échappa de la petite ouverture en haut de celui-ci. « Elle ne voudra jamais que vous lui dictiez ce qu'elle doit faire professionnellement. Elle utilisera son pistolet Taser sur vous si vous essayez.

- Je la laisserais faire si cela pouvait garder son nom hors du scrutin et la faire remettre son badge à Hogan ou Beirstad, » dit Poe. Les mecs le dévisagèrent mais ne dirent rien. Ils voyaient évidemment à quel point il était sérieux sur le fait de vouloir la voir se retirer et être remplacée.

Duke et Jed eurent un air sombre quand il mentionna Beirstad, mais ce n'était pas Roger qui voulait devenir shérif, celui qui avait causé des ennuis à Kaitlyn, mais son grand frère, Mark.

Je ne voulais pas que Parker soit shérif. Ce n'était pas parce que je pensais qu'elle n'était pas qualifiée ou qu'elle ne faisait pas du bon travail. Mais des choses horribles se produisaient. J'étais stressé en pensant aux dangers auxquels elle faisait face.

Poe n'était pas le seul à penser de cette manière. Mais Parker n'était pas du genre à compter sur un homme. Elle nous laissait peut-être prendre le contrôle dans la chambre —ou même sous la douche—mais nulle part ailleurs. Elle ne nous laisserait jamais dicter sa conduite, comme Tucker l'avait dit. Si elle souhaitait ajouter son nom au scrutin pour devenir shérif, nous allions devoir la soutenir. Je regardai Poe car je n'étais pas certain de comment il réagirait à cela.

« Elle est intelligente. Elle est avocate, elle est *très* intelligente, ajouta Poe. Elle pourrait faire plein d'autres travails. Des travails qui n'exigeraient pas d'elle qu'elle porte une arme pour sa sécurité.

- Elle pourrait discuter avec Porter, suggéra Duke. Il est procureur du district et travaille à Clayton. »

Poe fronça les sourcils et je regardai Duke. « C'est ton cousin ? demandai-je.

- Il a deux ans de plus que moi et a grandi avec nous. Sa mère et la nôtre sont sœurs.

- Ne lui apporte pas d'ennuis, Poe, le mit en garde Gus. Elle a travaillé dur pour ce travail. Pour ce qu'elle a construit. Si c'est ce qu'elle veut, alors nous devons tous respecter son choix. » Il regarda les autres avant de se concentrer sur Poe. « Voudrais-tu qu'elle te dise d'arrêter d'être vétérinaire parce que tu pourrais recevoir des coups en travaillant avec des chevaux ?

- Nous en reparlerons quand les chevaux auront des armes à feu, » rétorqua Poe.

Notre attention se tourna vers un véhicule qui s'arrêta et se gara à côté des autres. C'était le 4x4 de Parker.

« Est-ce que c'est un chien sur le siège avant ? demanda

Duke, les mains sur les hanches. Je ne savais pas qu'ils avaient des chiens policiers maintenant.

- Ils n'en ont pas. » Je souris en voyant le nouvel acolyte de Parker. Elle ne voulait peut-être pas d'un chien et ne pensait peut-être qu'elle était douée avec eux, mais elle en avait un désormais. Honey était sur le siège passager. Elle était assise là comme si elle était la partenaire de Parker. Ses oreilles étaient levées et sa langue pendait hors de sa gueule.

« C'est Honey, dit Gus.

- C'est comme cela que tu l'appelles ? demanda Jed. Moi, j'appelle Kaitlyn chérie.

- C'est la chienne, pauvre con, dis-je en passant devant lui. Mais elle a le goût de miel. » Je marchai jusqu'au bout de l'allée puis vers où se trouvait Parker. Poe arriva à elle avant moi, et lui ouvrit la portière avant qu'elle puisse le faire elle-même. Dès qu'elle sortit de la voiture, Honey la suivit puis s'éloigna en trottant pour explorer les environs. Pendant ce temps, Poe prit Parker dans ses bras et l'embrassa. C'était le baiser flagrant d'un homme qui voulait une femme. Mais il y avait aussi un soupçon de désespoir, comme s'il la tenait pour se rassurer sur le fait qu'elle était en vie.

10

ARKER

« Dis-nous tout, ma chère, » dit Julia quand je rejoins les femmes dans la cuisine. L'odeur de viande grillée m'avait suivie à l'intérieur. Il y avait des assiettes remplies de petits pains, des bouteilles de condiments, un panier avec des chips et une marmite dans laquelle quelque chose faisait des bulles sur le plan de travail en granit. D'après l'odeur, je dirais qu'il s'agissait d'haricots blancs à la sauce tomate.

Je les regardais toutes les trois. Julia Duke avait des cheveux roux magnifiques—je n'avais aucune idée d'où ils venaient car elle ne ressemblait à aucun de ses frères—et un sourire facile. Kaitlyn remontait ses lunettes sur son nez et avait un sourire léger, comme si elle avait un secret. Ava avait un air glamour avec ses boucles blondes superbes qui tombaient dans son dos, ainsi que des ongles recouverts d'un rouge camion de pompiers vif.

J'avais deux jours de repos sauf cas de force majeure et

voulait décompresser et passer un bon moment à ce dîner. Je n'avais pas vu les frères de Gus et sa sœur depuis le lycée et n'avait jamais rencontré les autres. Les premières impressions étaient importantes et je m'étais dit qu'un tee-shirt et un jean seraient mieux qu'un uniforme.

Mais mes cheveux raides comme des baguettes étaient tirés en arrière par un élastique que j'avais trouvé sur mon bureau et je n'étais pas maquillée. Je ne me sentais pas du tout féminine en regardant Ava. Et ce n'était sans compter le fait que je faisais plusieurs centimètres de plus qu'elles et sûrement aussi vingt bons kilos. J'étais parée pour un roller derby et elles pour passer une journée à faire les magasins.

J'avais retiré ma ceinture de fonction ainsi que mon arme de service et les avais placées dans le coffre se trouvant dans mon 4x4. J'avais même retiré ma chemise d'uniforme, ce qui avait beaucoup plu à Poe, Kemp et Gus. Ils avaient eu l'air de chiens excités près du 4x4 lorsque je l'avais déboutonné, puis de petits garçons tristes lorsque je leur avais révélé un tee-shirt blanc, et non pas un soutien-gorge osé et de la peau nue.

« Vous dire quoi, au juste ? demandai-je.

- Je croyais que Poe était vétérinaire. Je ne savais pas qu'il vérifiait les amygdales des gens, répondit Kaitlyn en agitant ses sourcils. Avec sa langue. »

Je rougis. Je le sentais. Personne ne pouvait manquer la façon dont il m'avait englouti tout entière. Bon sang, des trois, c'était le plus intense. Le fait qu'il m'avait entièrement rasé la chatte ce matin était un effort assidu, puis qu'il m'avait baisée dans la douche était un bon exemple. Il était également pensif et sur ses gardes. Il était en manque d'affection d'une manière que je ne comprenais pas vraiment, mais qui était presque palpable. C'était comme s'il était dans tous ses états avec moi. Oh, Gus et Kemp l'étaient aussi, et leurs queues s'érigeaient et étaient impatientes d'être en moi. Mais il y avait quelque chose d'autre avec Poe. Je ne savais pas encore de quoi il s'agissait. Mais ce n'était pas grave. Cela me plaisait... Quoi que cela fût.

Il sentait si bon. Je me rappelais avoir inhalé son odeur pure ainsi que l'odeur très forte provoquée par notre partie de jambes en l'air. Celle de mes jus, de son sperme, même s'il avait rempli un préservatif à la place de ma chatte.

Je pressai mes cuisses ensemble, réalisai comment je me sentais lisse car j'étais épilée à cet endroit. Je mouillais, aussi. Encore.

« Je dois m'occuper de deux hommes. Je ne sais pas comment tu fais avec trois... » dit Ava, tandis qu'elle se dirigeait vers le frigo et en ressortait un pot de cornichons qu'elle passa à Julia.

Je haussai les épaules. « Je, euh... Je ne vois pas vraiment la différence. Ce n'est pas comme si j'avais déjà fait une chose pareille. Ils ne sont pas de tout repos, en tout cas. »

Julia couvrit ses oreilles avec ses mains. « Pas de tout repos ? Je ne veux pas entendre ce genre de choses sur mon frère ! »

Je la regardai avec les yeux écarquillés, perdue pendant un moment. Puis, Kaitlyn et Ava rigolèrent. Ava prit l'une des mains de Julia et la tira vers le bas. « Elle ne parlait pas de la taille de la queue de Gus. » Elle m'offrit un regard en douce. « Mais je suis sûre qu'elle est fatigante. »

Julia grogna.

« Elle parlait de devoir gérer trois hommes, clarifia Kaitlyn. Ils sont têtus. Autoritaires.

- Butés. ajouta Ava.

- Alpha, répondit Kaitlyn.

- Dominants, » rétorquai-je.

Elles me fixèrent et Ava fit un grand sourire. Elle s'approcha et tapota mon bras. « Homme alpha autoritaire et dominant fois trois. Bien joué.

- Tu parles comme si Tucker et Colton ne te ligotaient pas et ne faisaient pas ce qu'ils voulaient de toi, » dit Julia en ouvrant le couvercle du pot de cornichons.

Ava mit sa main sur sa poitrine. « Moi ? Et si nous parlions de Madame la perverse, ici. Elle a fricoté avec Duke et Jed *sur scène* pendant un spectacle de revue masculine. Et elle ne connaissait même pas leurs noms. »

Je fus bouche bée. Kaitlyn, la bibliothécaire ? Non seulement lors d'une revue masculine, mais en plus *sur scène* ? Puis je pensai à Duke et Jed qui se tenaient dehors dans leurs jeans et leurs chemises à bouton-pression. Ils leur allaient comme un gant, c'était certain. Je ne lui en voulais pas. Mince, je m'étais penchée en avant et avais montré mes fesses à trois mecs dans une clinique vétérinaire.

« Donc ce n'est pas bizarre que j'ai vu Gus pour la première fois depuis des années hier, et que je n'avais jamais rencontré Poe ou Kemp auparavant ? Ils parlent déjà de long terme et cela fait... » Je regardai ma montre. « Trente heures.

- Bienvenue en club des hommes qui savent ce qu'ils veulent—

- Je dirais plutôt *qui* ils veulent, clarifia Kaitlyn.

- —et qui poursuivent leurs désirs. Les obtiennent. Et ne les laissent jamais partir. »

C'était comme si Ava avait vécu la même chose, à la façon dont elle parlait. Quand elle leva la main et montra rapidement sa bague de fiançailles sur laquelle se trouvait un gros diamant, j'eus ma réponse.

Tucker et Jed avaient-ils été déterminés et sérieux aussi vite ? Vu la manière dont Kaitlyn hochait la tête, et ce qu'avait dit Ava sur la façon dont ils avaient fait des choses coquines sans même connaitre le nom des uns et des autres... Duke et Jed étaient pareils.

« Est-ce que c'est quelque chose qui court chez les Duke ? Le désir au premier regard ? Cela va si vite. Vous avez vu pour Poe et son ablation des amygdales. Je l'ai rencontré hier. Et ce que nous avons fait hier soir...Et ce matin... »

Je rougis et elles sourirent. Ava me tapa même dans la main.

Gus m'avait dit qu'il m'avait toujours aimé. Cela avait un peu de sens car nous étions sortis ensemble, nous nous étions connus avant d'avoir couché ensemble. Mais Kemp et Poe ? J'avais passé dix minutes avec eux et j'avais baissé mon jean jusqu'à mes cuisses et avait eu des filets épais du sperme de Gus sur mes fesses. Six heures plus tard, ils avaient été profondément en moi.

Nous regardâmes Julia, qui leva les mains. « Eh, ne me regardez pas. Je n'ai même pas un mec, et encore moins deux. *Ou trois*.

- C'est certainement quelque chose qui court chez la famille Duke, dit Kaitlyn. Et ne sois pas dure avec toi-même. Tu mérites de prendre ce que tu veux. Si ce que tu veux, c'est trois grandes queues, alors fonce.

- Kaitlyn ! grogna Julia.

- Elle a raison, ajouta Ava, ignorant Julia. Les mecs ont le droit de baiser qui ils souhaitent, quand ils souhaitent. Ils peuvent tirer un coup rapide avec une étrangère dans les toilettes d'un bar. Mais les femmes ? C'est deux poids, deux mesures. Mais je sais que Gus, Kemp et Poe ne te courraient pas après comme ils le font si ce n'était pas pour le long terme.

- Les Duke sont des hommes qui ne vont qu'après une femme, » me dit Kaitlyn.

Elles me rassuraient un peu, me faisaient me sentir un

peu moins comme une garce. Une garce qui avait passé la meilleure nuit de sa vie. Avec trois hommes. Avec trois queues énormes. Et ils savaient parfaitement comment les utiliser. Ainsi que leurs mains. Bon sang, et leurs langues. J'étais un peu courbaturée et endolorie après la façon dont ils m'avaient prise. Encore et encore et encore.

« Bon, mis à part le fait que tu couches avec mon frère, je suis heureuse que tu sois là, dit Julia, interrompant mes pensées perverses.

– Je couche avec ton autre frère, dit Ava.

– Et moi avec l'autre, » ajouta Kaitlyn.

Julia leva les yeux au ciel. « D'accord. J'ai compris. Mes frères ont une vie sexuelle et pas moi. Changeons de sujet. »

Elles me firent toutes face.

Je soupirai. « Que voulez-vous savoir ?

– Est-ce que tu veux un verre ? demanda Ava.

– Elle est facile, celle-là, répondis-je avec un sourire. De l'eau serait super.

– Je me souviens de toi au lycée. J'étais en seconde quand tu as commencé sortir avec Gus, » dit Julia.

Je hochai la tête. « Je m'en souviens. Tu jouais de la clarinette. »

La terreur s'empara du visage de Julia. « Je te donnerai un million de dollars pour que tu n'en reparles jamais. »

Je ris tandis qu'Ava me passa un verre d'eau glacée. « Quoi ? Tu étais très douée.

– OK, si l'argent ne te convient pas, alors je serai ta meilleure amie.

– Oh, alors dans ce cas, d'accord. Je ne parlerai plus jamais d'instrument de musique. »

Ava leva les yeux au ciel et ouvrit un paquet de petits pains pour hot-dogs.

« Nous en avons assez, non ? » demanda Kaitlyn en regardant ceux qui étaient déjà sortis.

Avec sa main libre, Ava pointa du doigt le mur de fenêtres qui donnaient sur le patio et admira la vue du ranch qui se trouvait au loin. « Il y a sept hommes dehors.

- Pas faux. Au temps pour moi.

- Tu es revenue pour prendre le poste de shérif, dit Julia. C'est génial. »

Mon portable sonna dans ma poche arrière et je l'attrapai en lui répondant. « Je suis revenue pour être plus près de ma mère. Elle est diabétique maintenant et j'étais inquiète que personne ne soit présent pour s'occuper d'elle. » Je jetai un œil à l'écran. « En parlant du loup, c'est elle. Excusez-moi, je dois m'assurer qu'elle va bien. » Je fis glisser l'écran puis mis le téléphone à mon oreille. « Salut, maman.

- Ne t'inquiètes pas, je vais bien. Mon glucose est à 1,40. Il s'agit d'autre chose et je voulais que tu l'entendes de moi, dit-elle.

- Quoi ? » J'étais soulagée que son niveau en glucose soit bon, mais j'appréhendais ce qu'elle allait me dire.

« Je me suis fait licencier. »

Quoi ? « Du cabinet dentaire ? Ce n'est pas possible qu'il ait besoin de réduire les effectifs. »

Je me mis à penser à Roger Beirstad. Bien qu'il fût un vrai enfoiré, il était l'un des seuls dentistes de la ville.

« Il m'a dit que je ne convenais plus à son cabinet. »

Je fronçai les sourcils en regardant le sol en bois dur. « A-t-il dit pourquoi ?

- En fait, il m'a dit de te demander. Mais cela n'a aucun sens. Au moins, il ne m'a pas viré. »

Elle semblait découragée et je ne pouvais pas lui en vouloir. Elle y avait travaillé pendant plus d'une décennie, étant donné qu'elle avait été la responsable administratif non seulement pour Beirstad, mais aussi pour l'ancien dentiste qui lui avait vendu le cabinet. Même si elle ne savait pas nettoyer des dents, elle en savait plus sur ce cabinet que n'importe qui.

Mais pourquoi avais-je quelque chose à faire avec son travail ? Je n'étais pas de retour depuis assez longtemps pour avoir besoin d'un détartrage. Elle avait débuté sa carrière au cabinet juste après que j'étais partie à l'université. J'étais revenue lui rendre visite durant les vacances et les longs week-ends, mais rien qui pourrait nuire à sa carrière.

« Il ne peut pas te renvoyer comme cela, » répliquai-je. Bon, il le pouvait. Le Montana était un état à son gré, ce qui voulait dire qu'un employeur n'avait pas besoin d'une raison pour renvoyer quelqu'un, mais Raines était une petite ville. Les nouvelles se répandaient vite.

« Eh bien, au moins je suis contente d'avoir eu des indemnités de licenciement. »

Elle me dit la somme et je fus immédiatement énervée. Elle aurait dû recevoir au moins le double, après avoir passé dix années au cabinet. Mais je ne lui dis pas. Cela ne servirait qu'à la contrarier encore plus.

« Est-ce que tu vas bien, maman ? Je suis au ranch des Duke, mais je peux passer si tu as besoin de moi.

- Le ranch des Duke ? Est-ce que tu fréquentes à nouveau Gus Duke ?

- Quelque chose dans le genre, » répondis-je en restant neutre. Ce n'était pas le moment de parler de la complexité de la situation, et il était hors de question que je lui parle de ce qui s'était passé la veille. Ou ce matin, dans la douche.

« Oh, c'est super. Non, je vais bien. Vraiment. » Sauf qu'elle n'avait pas de travail et qu'elle devait payer pour avoir de l'insuline et d'autres produits liés au diabète.

« Je prendrai de tes nouvelles quand j'en aurai fini ici.

- D'accord. Je t'aime.

- Je t'aime, aussi. »

Je mis fin à l'appel et regardai dans la pièce. Kaitlyn, Ava et Julia me fixaient. Elles avaient évidemment entendu la conversation.

« Roger Beirstad a licencié ma mère. Elle était sa responsable administratif, » leur dis-je. Comme si maman avait besoin de cela, avec tous les obstacles qu'elle surmontait déjà. Je pourrais la soutenir, si elle en avait besoin, car j'avais mis pas mal d'argent de côté, mais aucune de nous ne voulait cela. Il y avait peu de postes vacants dans une petite ville comme Raines.

« Pourquoi ? » demanda Ava, les sourcils froncés.

Je haussai les épaules. « Selon elle, elle ne lui convenait plus. Cela a quelque chose à voir avec moi. »

11

« Qu'est-ce que cela veut dire ? Bon sang, je déteste ce mec, » dit Kaitlyn.

Elle me raconta leur seul et unique rendez-vous, à quel point il avait été dégradant et impoli. Elle me dit qu'elle l'avait rejeté mais qu'il avait tout fait pour l'embarrasser devant tout le monde, un soir, au Cassidy—le bar de Jed au centre-ville. Inutile de préciser que la famille Duke l'avait interrompu rapidement.

Je n'en avais pas entendu parler, mais Roger Beirstad n'avait rien fait d'illégal donc nos chemins ne s'étaient pas croisés.

Kaitlyn sortit par la porte de derrière d'un pas lourd et se dirigea vers Duke et Jed. Nous regardâmes Duke la prendre dans ses bras.

« Ils sont très prudents avec elle, commenta Julia. Elle

n'a pas eu une vie facile. Avec son père et tout ce qu'il s'est passé. »

Ma confusion devait se voir, car elle ajouta, « Son père est celui qui a blessé mes parents lors du délit de fuite. »

Je fus bouche bée. « Bordel de merde. » Je me souvenais de l'accident. Tous ceux de la ville qui avaient plus de vingt ans s'en souvenaient probablement.

« Quant à Roger Beirstad, continua Julia. C'est une vraie ordure et elle s'énerve lorsque l'on parle de lui.

- Ils lui donnent ce dont elle a besoin, ajouta Ava. Duke et Jed. »

Kemp m'avait dit que Poe, Gus et lui me donneraient ce dont j'avais besoin, mais c'était complètement différent. Kaitlyn avait besoin d'être consolée, pas baisée. Et la façon dont Duke—aussi grand fût-il—la serrait dans ses bras si attentivement, comme si elle était la chose la plus précieuse au monde, était beau à voir.

« Je recherche du personnel, » dit Ava, dérangeant mes pensées.

Je la fixai, les yeux écarquillés. « Quoi ?

- Je vis ici presque tout le temps, » dit-elle. Elle brandit la main pour indiquer le ranch. « L'hiver approche et Tucker et Colton ne sont pas excités à l'idée que je conduise sur les routes hors de la ville tous les jours. Cela serait bien que quelqu'un qui habite près du magasin puisse travailler de temps en temps et être disponible quand je ne peux pas l'être.

- Ouah, Ava, répondis-je. Je ne peux pas parler pour ma mère mais l'offre parait géniale. Peut-être que quelque chose de différent serait exactement ce dont elle a besoin.

- Dis-lui de m'appeler au magasin et nous nous rencontrerons. Si elle réussit à supporter Roger Beirstad, elle peut s'occuper du Seed and Feed. Mince, elle connait sûrement mieux les clients que moi—et leurs dents. »

Poe entra, surplombant Julia et Ava, mais il me regarda. Son intensité était comme un être vivant qui fredonnait autour de lui. « Est-ce que ta mère va bien ? Nous avons appris ce qui lui est arrivé. »

Je haussai les épaules. « Je pense. Elle est surprise et confuse.

- Et toi ? » Il me scruta de haut en bas comme si j'avais été blessée.

Je plaçai mes mains sur les hanches et soupirai. « Je suis en colère. Elle m'a dit que je savais pourquoi elle avait été virée. »

Il fronça les sourcils. « Tu sais pourquoi elle a été virée ou tu es la raison pour laquelle elle a été virée ? »

J'ouvris la bouche pour lui répondre, mais pris un moment pour réfléchir. « Oh, merde. Est-ce que tu penses que Roger a licencié ma mère à cause de moi ? Je t'ai rencontré pour la première fois *hier*. »

Il haussa ses larges épaules et resta silencieux.

J'avais été en colère pour maman, en colère que Roger soit un si grand con, mais maintenant que Poe suggérait cela, cela allait bien plus loin. Roger, que je ne connaissais même pas, me détestait tellement qu'il avait renvoyé ma mère.

« Je ne suis pas bon pour toi, » dit-il.

Je le regardai, puis Ava et Julia. Je leur lançai un regard qui voulait dire *C'est quoi ce bordel ?* Julia le fixa avec des yeux écarquillés et Ava se contenta d'hausser les épaules.

Je le regardai en clignant des yeux plusieurs fois puis lui répondis enfin. « Quoi ?

- Comme tu l'as dit, cela fait un jour que nous sommes

ensemble. Regarde ce qu'il s'est passé. Imagine ce qu'il se passera quand la ville entière l'apprendra. Et cela arrivera.

- Quand elle apprendra quoi ? Que je couche avec trois hommes ? » dis-je en criant.

Il plissa les yeux et serra sa mâchoire. « Veuillez nous excuser, mesdames, » dit-il, me prenant par le bras et me guidant à travers une grande pièce puis à l'intérieur d'un bureau qui se trouvait à l'autre bout de la maison. Il ferma la porte derrière moi, ce qui nous permit d'avoir un peu d'intimité.

« Tu ne fais pas que coucher avec trois hommes, tu es *dans une relation*, clarifia-t-il en croisant les bras. Ce n'est pas qu'une histoire de sexe et tu le sais. »

Je soupirai, rassurée. Je le savais, mais cela faisait du bien d'entendre Poe le dire. Le baiser qu'il m'avait donné lorsque j'étais arrivée n'était pas celui de quelqu'un qui avait pour intention de me baiser puis de m'oublier. Cela avait été comme s'il m'avait mémorisé. Mais l'entendre le dire me faisait me sentir mieux.

Kemp et Gus entrèrent dans la pièce, puis fermèrent la porte derrière eux, mais pas avant qu'Honey s'y insère en leur passant devant et se place à mes côtés. Elle s'assit et s'appuya contre moi. Elle se posa entre Poe et moi, comme si elle essayait de me protéger contre lui.

« Que se passe-t-il ? » demanda Gus.

Je me baissai, caressai la tête de la chienne, puis croisai les bras. « Poe dit qu'il n'est pas bon pour moi. Pourtant, il m'a baisée. Donc quoi ? Tu voulais tirer un coup avant de te sortir de... cela ? » Je secouai la main en l'air, en parlant de nous tous.

Poe plissa les yeux. « C'est de l'insolence et tu devrais recevoir une fessée. »

Je mis ma main sur ma poitrine. « *Je* devrais avoir une

fessée ? » De la fumée s'échappait probablement de mes oreilles. Si l'objectif de Poe était de rediriger ma colère envers Roger Beirstad contre lui, il avait réussi.

« Ne prends pas à la légère ce qu'il y a entre nous, rétorqua-t-il, en agitant sa main dans l'air. Ce n'était pas que de la baise, la nuit dernière. C'était notre première fois. Notre *dernière* première fois. »

C'était tellement romantique et j'étais certaine que Julia se pâmerait en entendant ces mots. Mais il n'avait pas essayé de l'être, et il ne s'était même pas rendu compte qu'il avait dit quelque chose de profond. La véhémence qui accompagnait ses paroles firent grogner doucement Honey.

Je la caressai à nouveau pendant qu'elle léchait ma main. « Alors de quoi parles-tu ? »

Kemp jura à voix basse. Gus tapa le dos de Poe. « Dis-lui, ducon, ou je le ferai. »

Poe releva le menton et ignora la tape de Gus. « D'accord. Je t'ai dit que je n'étais pas bon pour toi. C'est le cas. J'ai tué mon père. »

Je ne m'étais pas attendue à cela. Pas du tout. Peut-être qu'il avait changé d'avis à l'idée de me partager. Peut-être qu'il pensait que sa queue n'était pas à la hauteur. Peut-être que... Oh, cela n'avait pas d'importance. Mais pas cela.

« Tu as tué ton père, » répétai-je. Je l'avais entendu la première fois, mais mon cerveau mettait du temps à traiter l'information. *Tué ?*

Poe hocha la tête une fois. « J'avais seize ans. Je suis allé en prison pour mineurs jusqu'à ce que je sois trop âgé à dix-huit ans. Mon casier est clos parce que j'étais un mineur, mais quand même. Le meurtrier et la shérif. Les deux ne vont pas ensemble, pas vrai ? Je pourrais ruiner ta carrière. »

Je ris et levai les yeux au ciel. « Comme j'ai ruiné celle de ma mère ? dis-je en soupirant. Ce meurtre. Était-il prémédité ? »

Il hocha la tête.

« Le méritait-il ? »

Il écarquilla les yeux comme si personne ne lui avait posé la question auparavant.

« Oh, que oui. »

Kemp passa sa main sur sa nuque, frustré. « Bon sang, Poe. Tu as oublié de dire que ton père battait ta mère, te battait toi. Pendant des années. Tu l'as tué pour la défendre. Ce n'était pas un meurtre. »

Je comprenais pourquoi il avait été si contrarié la veille, lorsque je lui avais parlé de l'appel pour dispute conjugale à cause duquel j'avais dû partir.

« Alors pourquoi es-tu allé en prison pour mineurs ? » demandai-je. Bien sûr, tuer quelqu'un était un crime terrible, surtout lorsqu'il était commis par un mineur, mais les circonstances étaient toujours prises en compte. Je ne connaissais Poe que depuis un jour, mais il n'était pas un sociopathe et ni quelqu'un de dérangé qui pourrait tuer quelqu'un sans raison.

« Ils n'ont pas considéré que c'était de la légitime défense car ma mère leur a dit qu'elle était tombée. Encore.

- Ton père battait ta mère, tu l'as tué pour l'arrêter, » dit Kemp pour entrer dans les détails. Il semblait plus frustré par ce qui était arrivé à son ami que Poe lui-même. « Et après elle a protégé son mari, son agresseur, plutôt que son fils, ce qui fait que la police a incarcéré Poe.

- Je faisais la même taille à seize ans, et peut-être quinze kilos de moins.

- Bordel, » murmurai-je. J'imaginai Poe, adolescent, probablement maladroit dans sa toute nouvelle taille. En colère de voir sa mère se faire blesser constamment. Furieux qu'il se fasse frapper, lui aussi. Enfin, il avait eu la chance de faire quelque chose, de la protéger. Et même s'il avait été un enfant—seize ans était l'âge d'un enfant selon la loi—il avait été grand. Plus grand que la plupart des adultes.

« Elle t'a tourné le dos, » dis-je doucement.

Le regard sur le visage de Poe était sombre. Furieux. Les tendons dans son cou ressortaient. « Oui. »

Je réduisis la distance entre nous, le pris dans mes bras. Je le serrai fort. Je sentis les battements de son cœur contre mon oreille, sa respiration irrégulière. Les courbes tendues de ses muscles.

« Est-ce que les gens de la ville te méprisent à cause de ce que tu as fait ? » demandai-je. J'entendais Honey faire des cercles autour de nous. Ses petits ongles faisaient un bruit sec contre le sol en bois dur.

« Personne n'est au courant à part la famille Duke. Kemp. Et maintenant, toi.

- Alors, cela n'aura pas d'impact sur mon travail. Et si c'était le cas, je leur dirais d'aller se faire voir.

- Est-ce que *toi*, tu me mépriseras ? Tu es avocate. Tu représentes la justice. Et tu es policière. »

Je me reculai et le regardai. « C'est vrai, je représente la justice. Et il me semble que tu l'as servi.

- C'est tout ? » demanda-t-il, surpris. Ses yeux clairs étaient écarquillés, comme s'il était choqué que cela soit aussi simple.

« Qu'est-ce que je t'avais dit, abruti, » grommela Kemp à voix basse.

Je sentis Poe soupirer, puis il me prit dans ses bras.

« Quant au boulot de ta mère, nous nous chargerons de Roger s'il l'a renvoyé à cause de nous.

- Ouais, mais son frère veut *ton* boulot, » dit Gus, se déplaçant pour se tenir à côté de moi. Je le regardai et il posa doucement sa main sur mon épaule. Ce n'était pas le moment de lui dire que je ne serais pas la shérif en novembre. Les dégâts causés à ma mère—si c'était à cause de Mark—étaient déjà faits.

« Donc Roger a renvoyé ma mère parce que, quoi... En représailles ? »

Poe embrassa le haut de ma tête, respira mon odeur.

« Par mesquinerie. Roger déteste les Duke, » dit Gus. « Tout les habitants de la ville le savent. Donc, si tu es liée à nous, ta mère ne fait que partie des dommages collatéraux.

- Tu vois ? répondis-je. Tu n'es pas celui qui est mauvais pour moi. C'est Gus parce qu'il est un Duke. »

Poe relâcha son étreinte, me regarda. Il sourit.

Enfin.

« Comme Honey, il tendit le bras et la caressa. Je suis soucieux de protéger ce qui est à moi, Parker. Plus que n'importe quel autre homme. Est-ce que tu peux le supporter ? demanda-t-il.

- Oui.

- C'est bien, répliqua-t-il, et sa louange me fit du bien. Est-ce que Gus ou Kemp a vu ta chatte rasée ? »

Je fus bouche bée. C'était un changement de sujet absolu.

« Non.

- Montre-nous, pixie, » dit Gus.

Je regardai dans la pièce. C'était un mélange de bureau et de bibliothèque, avec un grand bureau au centre. J'avais été dans la maison plein de fois durant cet été plusieurs années auparavant, mais jamais dans cette pièce. Je n'avais aucun doute qu'elle avait peu changé depuis qu'elle avait appartenu à M. Duke—le père de Gus, précisément.

« Ici ?

- Ici, répéta Kemp, croisant les bras. Maintenant. »

J'avalai ma salive, le cœur battant la chamade. J'adorais l'idée de faire quelque chose d'aussi illicite alors que pas mal de personnes se trouvaient juste derrière une porte fermée. Et j'étais celle qui se mettait nue—ou du moins, à moitié—devant des hommes qui eux, restaient habillés.

Une sensation de calme m'enveloppa instantanément. Silencieuse. Ils savaient que cela m'excitait de m'exposer, de leur montrer ma chatte que Poe avait assidûment rasé. Ma chatte leur appartenait et ils voulaient la voir.

Je dégoulinais d'impatience, car que feraient-ils une fois que je serais nue ? Inséreraient-ils leurs doigts en moi ? Me baiseraient-ils ? Bon Dieu, je voulais n'importe quoi. *Tout*.

Ils se tenaient devant moi, comme trois titans, tandis que je retirai mon jean, le baissai en-dessous de mes hanches, tout en m'assurant de descendre aussi ma culotte. Une fois que les deux étaient au niveau de mes cuisses, mes jambes étaient collées l'une contre l'autre, ils ne pouvaient donc pas voir grand-chose.

Gus ne semblait pas apprécier cela. « Retourne-toi et penche-toi sur le bureau.

- C'est bien, ajouta Kemp quand je lui eus obéi. Fais ressortir tes fesses. Oui, comme ceci. Maintenant, nous pouvons voir ta chatte nue.

- Nous avons fait cela hier, et nous le refaisons aujourd'hui, dit Gus. Peut-être que tu devrais faire cela tous les jours, pour ne pas oublier ce qui est à nous.

- Elle n'est pas une gentille fille, elle est vilaine, » ajouta Poe. Je le regardai par-dessus mon épaule. « Elle mouille tellement que cela coule. A quoi penses-tu ?

- A toi, répondis-je.

- Juste moi ? » répliqua-t-il.

Je secouai la tête. « A vous trois.

- Putain, » dit Gus, passant sa paume sur sa queue tandis que ses yeux étaient fixés sur ma chatte.

Non, il ne pouvait pas.

« A genoux, bébé. Tu as du sperme à avaler. »

Oh, merde. C'était si sale, si... Dégradant, j'adorais ça.

Ce n'étaient pas de simples queues, c'étaient *mes* queues. Et elles étaient toutes les trois dures et en manque d'affection.

Je savais ce qu'elles ressentaient.

Je me redressai et m'agenouillait, ne perdant pas de temps à remettre mon jean. Mon derrière nu était posé contre les talons de mes bottes.

Ils ouvrirent tous les trois leurs pantalons, mais Gus s'approcha en premier.

Il prit mes cheveux dans sa main alors que je le prenais aussi profondément que je le pouvais dans ma bouche.

« Tu es une si bonne fille. Prends soin de tes hommes, maintenant... Putain, grogna-t-il tandis que je le suçais rudement. Et nous te récompenserons toute la nuit. »

Pour le moment, le dîner avec la famille Duke était oublié. Nous avions tous faim pour autre chose. Moi ? J'avais trois queues à avaler.

12

ARKER

J'AVAIS EU deux jours de repos et je les avais passés nue. Avec trois hommes, ils s'étaient assurés que cela soit tout le temps le cas. J'étais plus ou moins passée sans arrêt d'un lit à l'autre. Ou du canapé au lit, du lit à la douche et de la douche à la table de la cuisine. On m'avait penchée en avant, allongée, soulevée et baisée de tellement de manières différentes. Ils avaient de l'imagination, étaient dominants et follement virils.

Nous avions joué avec des plugs anaux et des menottes, ainsi que de la corde et même du sirop de chocolat. Ils m'avaient pris ensemble, un à la fois, et une fois il y avait juste eu Kemp et Poe car Gus avait dû récupérer ses parents à l'aéroport. Je m'étais soumise à chaque fois. Cela serait un euphémisme de dire qu'ils avaient pris les commandes, mais j'avais aimé chaque seconde.

Je m'étais tout sortie de la tête, le travail, les corvées.

J'avais tout oublié. Cela avait été le paradis. Un paradis orgasmique.

Mais le temps ne s'arrêtait pas pour une nouvelle relation amoureuse. Les hommes devaient s'occuper d'animaux. Ils avaient des vaccins à faire. Des chiens à stériliser.

Je devais protéger la ville. J'aurais dû me sentir détendue après avoir passé deux journées sans travailler, mais ce n'était pas le cas. J'avais besoin de boire du café. Beaucoup de café. J'avais mal à des muscles dont je n'avais même pas connu l'existence. Je ne devrais même pas pouvoir marcher droit. Et pourtant, j'avais un sourire sur le visage, ainsi qu'un certain rebond dans mes pas, tandis que je marchais de la station de police au café du coin qui se trouvait à un pâté de maisons. Je m'étais portée volontaire pour aller chercher du café. Honey trottait à mes côtés, elle savait sûrement qu'elle aurait le droit à une friandise. Les gens savaient qu'elle était ma nouvelle acolyte et ils semblaient avoir tout le temps quelque chose pour elle. Elle était bien dressée, mais si cela continuait, elle deviendrait pourrie gâtée et aussi grosse qu'un tonneau d'ici Noël.

Le temps ne changeait pas en cette période de l'année—il y avait seulement un soupçon de couleur sur les feuilles d'arbres—et j'avais parlé à Porter Duke pour confirmer que le travail au bureau du procureur serait à moi après les élections. J'étais excitée à l'idée de retourner dans le monde des litiges, et le faire à Raines plutôt que sur la côte Est me donnait l'impression d'être… de retour à la maison.

Je pourrais être avec Gus, Kemp et Poe, proche de ma mère et avoir le travail de mes rêves. Tout cela en même temps.

« Vous ! » cria quelqu'un.

Je me retournai pour voir l'homme qui battait sa femme s'approcher de moi d'un pas lourd. Il coupa à travers la rue principale et une voiture dut s'arrêter parce qu'il la traversait en dehors des clous. Je ne l'avais vu depuis que nous étions allés chez lui après l'appel pour dispute conjugale reçu quelques jours plus tôt. Ce jour-là, il avait eu un air satisfait car sa femme n'avait pas voulu porter plainte. Elle avait appelé les secours dans le feu de l'action, mais il avait réussi d'une certaine façon à lui faire changer d'avis.

Mais maintenant, il avait l'air furieux. Ses cheveux étaient gras, sa barbe négligée et son jean avait des tâches qui semblaient être de la graisse et du ketchup.

« Vous l'avez fait partir. Où est ma femme, putain ? »

Je m'arrêtai, posai mes mains sur ma ceinture de fonction. J'avais été impliquée dans des altercations avec des personnes hostiles auparavant, je m'y étais entraînée, mais l'adrénaline se faisait toujours sentir et mon rythme cardiaque grimpait en flèche. Au moins, j'étais au centre-ville et non pas dans sa maison délabrée avec personne autour pendant au moins un kilomètre.

« Monsieur, calmez-vous, lui dis-je.

- Me calmer ? » Il monta sur le trottoir, s'approcha très près de moi. Trop près. « Ma femme m'a quitté parce que vous vous êtes pointée. Vous lui avez dit qu'elle n'avait pas à subir mes coups. Cette salope. Je lui donne tout ce que j'ai et ensuite elle me quitte. »

Ses yeux étaient rouges et il avait l'odeur d'un sol de bar après le dernier appel un vendredi soir animé.

« Monsieur, vous devez vous reculer, puis vous en aller.

- Ne me dites pas ce que dois faire, espèce de salope. Je n'ai aucune idée de pourquoi ils ont fait de vous, une putain de femme, le shérif. Dites-moi où est ma femme ou je—

- Vous ne voulez pas finir cette phrase. Je vous le répète une dernière fois. Reculez-vous, allez-vous-en et calmez-vous. »

Il écarquilla les yeux et leva le bras comme s'il allait me mettre un coup de poing. Avant que je ne puisse réagir, Honey l'attaqua, ses dents s'insérant fermement dans sa cheville. J'entendis des grognements profonds provenant de sa gorge. Je ne l'avais jamais vu aussi agressive, aussi féroce.

L'homme hurla et secoua sa jambe comme pour essayer de desserrer les dents cramponnées d'Honey. « Merde ! » s'écria-t-il, puis il tendit le bras vers le bas et mit un coup de poing à Honey au niveau de la tête.

Je saisis ce moment de distraction et la façon dont il était penché vers la chienne pour le pousser encore plus. Je le fis tomber la tête la première au sol après l'avoir balayé d'un coup à la cheville, celle qu'Honey avait mordue.

Des gens se tenaient désormais dehors sur le trottoir. J'avais un genou au milieu de son dos, tandis qu'il jurait et se débattait. Je lui passai des menottes aux mains en quelques secondes. Je pris la radio se trouvant à ma hanche, mais je vis deux adjoints de la police courir vers moi sur le trottoir lorsque je regardai en l'air. Nous n'étions qu'à un pâté de maisons de la station et quelqu'un avait dû les avertir.

Tandis qu'il continuait de dire des insultes et de dénigrer les femmes, j'avais l'esprit lucide pour prêter attention à Honey. Elle était sur le côté et gémissait. Sa langue pendait hors de sa bouche. Je ne pouvais pas bouger du dos de ce salaud, mais un passant se mit à genoux et la caressa.

Je me déplaçai pour laisser les adjoints remettre l'homme debout.

« Prends soin de Honey. Nous nous occupons de lui, » dit l'un d'eux tandis qu'ils agrippaient le haut de ses bras et le poussaient en direction de la station.

Je me mis à genoux sur le trottoir aux côtés de Honey. « Pensez-vous qu'elle va bien ? » demandai-je. Je ne m'étais pas rendue compte jusqu'à présent à quel point cette chienne m'importait. Elle n'avait fait que de me suivre partout et être tout le temps avec moi. Maintenant, je me rendais compte qu'elle avait veillé sur moi. Je l'avais secouru sur le bord de la route et elle m'avait prise en charge. Et là, elle m'avait elle aussi sauvée.

Je sentis une boule de larmes se nicher dans ma gorge. J'avais plus peur que quelque chose lui soit arrivée plutôt que de ce que l'homme qui battait sa femme aurait pu me faire.

Les propriétaires du magasin de pêche devant lequel nous nous trouvions vérifiaient son état. « Nous avons vu ce qu'il a fait, » l'un d'eux dit. Il était en colère mais ses mains étaient douces tandis qu'il caressait et calmait Honey. « L'enfoiré. Conduisons-la chez le vétérinaire. »

A cet instant, une femme se dirigea jusqu'à sa voiture qui était garée sur le bord du trottoir et elle ouvrit la portière à toute vitesse. « Ma voiture est juste là. Mettez-la sur le siège arrière, dit-elle, attendant que les hommes soulèvent doucement Honey et l'installe. Nous l'emmènerons chez le vétérinaire. »

~

POE

JE SORTAIS de la salle d'examens numéro deux avec Mme Mitchell et son chat pour découvrir que le petit hall d'entrée était en panique. Bon, pas vraiment en panique, mais il y avait au moins six personnes et seulement un animal, un bouledogue minuscule assis sur les cuisses d'une femme. J'étais habitué aux aboiements des chiens, aux sifflements des chats et même aux cris constants des oiseaux, mais pas à autant de personnes qui parlaient en même temps. Et Parker se trouvait au milieu de tout ce vacarme.

Je dis au revoir à Mme Mitchell et m'approchai d'elle, attirant son attention en posant ma main sur son épaule.

Elle me regarda et sourit. Elle portait comme d'habitude sa chemise d'uniforme et un jean. Le volume de sa radio était bas mais bruyant de communications. Cela ne faisait que quelques heures qu'elle avait quitté la maison pour se rendre au travail, après qu'elle s'était penchée sur le plan de travail de la cuisine, qu'elle avait baissé son jean et nous avait montré sa chatte. Gus s'était assuré que sa gâterie sucrée reste lisse.

Elle n'était pas là pour jouer ni pour reprendre où nous nous étions arrêtés dans la cuisine. Quelque chose n'allait pas.

« Que se passe-t-il ? demandai-je.

- Honey me protégeait contre quelqu'un et le mec l'a frappé. »

Bon Dieu. « Est-ce qu'elle va bien ? » Je ne voyais la chienne nulle part.

Parker pointa du doigt le bout du couloir. « Elle est dans l'une des salles avec Gus et Kemp, mais ils m'ont dit qu'elle avait l'air de se porter bien après un examen rapide. Ils lui font passer des radios juste pour en être certain. »

Je soupirai, rassuré. Honey était une chienne géniale.

« Que veux-tu dire par elle te protégeait ?

- Le mec que j'ai rencontré l'autre jour pour l'histoire de dispute conjugale m'a approché dans la rue principale. »

Bordel de merde. Ce salaud l'avait poursuivi ? Je sentis instantanément la colère monter en moi. Mon cœur battait fort dans mes oreilles et je serrai les poings. Si j'avais un petit baromètre, il serait prêt à exploser en ce moment.

« Il t'a approché ? demandai-je.

- Il était saoul et en colère, » dit Tom, l'homme du magasin d'articles de sport.

Encore pire. Un ivrogne qui battait sa femme s'en était pris à ma petite-amie.

Son partenaire, Lucas, hocha la tête pour montrer qu'il était d'accord. « Comme si la shérif savait où sa femme était allée.

- Où est ce mec, en ce moment ? » S'il était dans les environs, je le retrouverais. J'avais tué un homme ; en tuer un autre ne serait pas un soucis. Surtout s'il avait voulu blesser Parker.

« En garde à vue. Il sera inculpé d'agression envers un policier et de cruauté envers un animal.

- C'est tout ? » demandai-je en essuyant ma bouche avec le dos de ma main.

Parker écarquilla légèrement les yeux, comme si elle avait remarqué que j'étais sur le point de me transformer en l'incroyable Hulk.

« Pour le moment. Cela le stoppera. Si nous pouvons retrouver sa femme et la faire porter plainte pour les blessures de l'autre jour, nous pourrons l'inculper pour davantage de choses.

- Pour ce qu'il a fait aujourd'hui, il aura une amende. Un avertissement, » supposai-je.

Elle haussa les épaules. « Probablement. Ou il sera condamné pendant trente jours s'il a des antécédents. »

Trente jours.

« Il te poursuivra à nouveau. » Je soupirai, regardai le plafond en tentant de me calmer. « Assez, chérie. Tu démissionnes. Je refuse que tu coures de tels dangers. »

Elle fut bouche bée et rougit violemment. « J'ai fait mon boulot, Poe. Je l'ai fait dans les règles.

- C'est vrai. Elle a mis le mec au sol et il est énorme. Et bourré, à en juger par son odeur, » dit une femme qui jusque-là avait été silencieuse. A côté d'elle, il y avait la fleuriste Marge et deux autres femmes que je ne connaissais pas qui nous regardaient. Je supposais qu'ils avaient tous vu ce qu'il s'était passé et étaient venus avec Parker pour s'occuper de Honey.

Ce que dit la femme ne m'aida pas du tout. « Exactement. Grand et ivre, dis-je. Tu donneras ta démission au conseil municipal et Beirstad ou Hogan te couvriront jusqu'aux élections. »

Elle croisa les bras. « Et quel boulot ferai-je ?

- J'ai parlé à Porter Duke qui travaille au bureau du procureur et tu peux y travailler. Tu n'auras pas d'arme, ni de salauds qui s'en prendront à toi. Tu seras en sécurité. » Après le barbecue au ranch, j'étais entré en contact avec Porter et lui avais parlé de Parker. Je lui avais parlé de ses qualifications. Il avait été intéressé, mais n'avait pas dit grand-chose car il avait dû aller au tribunal. Cela m'avait tout de même apaisé l'esprit, de savoir que ma femme ne serait pas tous les jours en danger.

« Tu m'as trouvé un travail parce que tu penses qu'être shérif est une mauvaise décision de ma part ?

- Une décision dangereuse, clarifiai-je. Pourquoi te mettre en danger alors que tu pourrais être en sécurité ? »

Elle vibrait de frustration. « Parce que c'est ce que je veux faire, Poe ! Tu n'as pas le droit de prendre une telle décision. »

Je mis mes mains sur mes hanches, la fixai. Je pouvais voir, du coin de l'œil, que tous les autres nous regardaient comme si c'était un match de tennis. Ils tournaient leurs têtes de gauche à droite.

Je me fichais d'eux. Je me préoccupais seulement de

Parker. « Ne sois pas insolente, chérie, ou bien tu finiras sur mon genou pendant que je te mettrais une fessée en moins de temps que tu n'as mis à faire tomber ce salaud. »

Elle fut bouche bée et me fixa. Elle avait les yeux écarquillés et rougit intensément.

Les dames rirent.

« Je n'arrive pas à croire que tu viens de dire cela. » Je vis Parker cesser de se battre. C'était comme si elle s'était fanée juste devant moi. Elle paraissait faible pour la première fois depuis que je l'avais rencontré. Etaient-ce des larmes que je voyais dans ses yeux ? Elle se retourna puis regarda Tom et Lucas. « Dites à Gus de garder Honey. »

Elle se tourna et s'en alla, sans se retourner. La salle d'attente était silencieuse et tout le monde me fixait. Pourquoi avais-je l'impression que non seulement elle avait quitté la clinique vétérinaire, mais aussi ma vie ?

13

us

« Qu'est-ce que tu as fait, bordel ? » demandai-je à Poe.

Le corgi de M. Monroe était le dernier patient de la journée et je fermai la porte derrière lui. Nous étions enfin au calme. Honey me fixait, la tête penchée sur le côté.

Comme nous l'avions supposé, les radios n'avaient rien montré, mais elle aurait pu avoir une dent fissurée si le mec l'avait frappé au bon endroit. Nous devrions faire attention à ce qu'elle ne développe pas un abcès, mais elle avait l'air d'aller bien. Elle se sentait peut-être un peu seule sans Parker. Mais qui ne se sentait pas de cette façon ?

L'après-midi avait été surchargé, c'était donc la première fois que nous pouvions coincer Poe de la journée.

Et il nous racontait enfin tout ce qu'il avait fait—ce qu'il avait *dit*—et j'étais prêt à le tuer.

Poe passa sa main dans ses cheveux bruns et fit une

grimace lorsqu'il finit de nous raconter ce qu'il s'était passé. C'était comme si le dire à voix haute lui faisait se rendre compte d'à quel point il était idiot. « J'ai merdé.

- Tu crois ? » demanda Kemp. Il était plutôt du genre calme. Peu de choses le faisaient sortir de ses gonds, mais ça ? Kemp était furieux. « Tu as tout foiré avec Parker. Bon Dieu, Poe. Elle n'est pas ta mère. Elle n'est pas la femme qui se faisait battre par son mari. Celle qui heureusement a ouvert les yeux et l'a quitté. »

Il se lut à faire les cent pas dans l'entrée. « Je sais, mais ce mec est allé après elle !

- Et elle l'a neutralisé, » ajoutai-je. Ouais, je n'étais pas trop emballé non plus par le fait qu'un pauvre con ivre s'en soit pris à notre femme.

« OK, tu l'as surprotégé, lui dit Kemp. Ça elle pouvait le comprendre. Bon sang, elle t'a déjà pardonné pour cela, elle a compris pourquoi quand tu lui as parlé de ton père. Et, en plus, je suis sûr que Kaitlyn et Ava lui ont dit à quel point leurs hommes sont possessifs. Je le comprends. *Elle* le comprend. Mais tu lui as dit que tu allais lui mettre une fessée ?

- Devant Tom et Lucas ? »

Il ajouta à voix basse. « Et Mme Michell, Corinne Borden et Marge.

- Du magasin de fleurs ? » demandai-je. C'était pire que je ne le pensais. Je fermai les yeux et pris une profonde inspiration. « C'est la pire commère de toute la ville ! Tu t'es servi de ses préférences sexuelles contre elle. Tu as fait de sa soumission quelque chose de honteux devant d'autres personnes.

- Je sais, je sais, grogna Poe. Ce n'était pas mon intention. J'étais si en colère que c'est sorti tout seul.

- Et c'est quoi, cette histoire avec Porter ? Ne t'avions-nous pas dit de ne pas t'en mêler ? »

Il me regarda avec ses yeux clairs étranges. Lui aussi, était énervé. Ouais, je venais de le remettre à sa place, mais il le méritait amplement.

« J'essayais de l'aider. De lui trouver un boulot pour lequel elle ne serait pas en danger. Grâce auquel je pourrais peut-être me détendre et respirer. »

Cela avait du sens. Vraiment. Mais cela ne justifiait rien.

« Je veux la garder nue et attachée à mon lit, mais cela ne veut pas dire que je vais le faire, rétorquai-je. Elle est adulte. Elle a un diplôme universitaire et une formation policière. Si tu l'étouffes, elle ne sera pas la femme que nous aimons tous. »

Ouais, je l'aimais. Je l'avais toujours aimé. Merde, cette semaine passée avait prouvé que certaines personnes avaient le droit à une seconde chance. J'espérais juste que Parker en accorderait une à Poe.

« Et putain, Poe, une fessée ? Tu viens de faire de quelque chose de magnifique qu'elle nous a offert, quelque chose de sale. »

Kemp vérifia son téléphone. « Elle ne répond pas aux messages. » Il lança un regard noir à Poe. Puis, il le pointa du doigt. « Tu vas arranger les choses. Je me fiche de savoir à quel point tu vas devoir te mettre à plat ventre. Supplie-la. Implore-la. Mince, laisse-la te mettre une fessée devant toute la ville. Mais arrange les choses. »

Kemp et moi ne pouvions rien faire d'autre. Nous pourrions la retrouver et lui demander de réexaminer à quel point Poe avait été idiot, mais cela ne fonctionnerait pas. Poe devait s'excuser. Il devait rectifier le tir. Il devait sortir de son esprit tous ses démons, qu'importe ce qu'ils étaient, ils avaient une emprise sur ses actions et la seule façon de le faire serait de se mettre à nu devant Parker. Encore une fois.

« Où est-ce que vous allez, vous deux ? » demanda Poe.

Je jetai un œil à ma montre. « A la réunion du conseil municipal. Parker y sera. Nous allons nous assurer qu'elle va bien et que ce qu'il s'est passé n'a aucune répercussion.

- Super, je viens avec vous, » répondit-il.

Kemp l'arrêta en posant une main sur son torse. « Hors de question. Réfléchis sur comment tu vas régler ce merdier. *En privé.* »

∽

PARKER

Je n'avais pas le temps de m'asseoir chez moi et de m'apitoyer sur mon sort. J'étais si énervée contre Poe que je voulais le retrouver et utiliser mon Taser sur lui, ce crétin. Ce n'était pas comme si les neurones lui manquaient. Malheureusement, la réunion mensuelle du conseil municipal m'empêchait de faire tout cela. En tant que shérif, je devais leur faire un rapport sur tous les appels reçus depuis la dernière fois que nous nous étions rencontrés, et sur tout autre sujet dans mon périmètre d'action. En échange, le conseil attirait mon attention sur des choses qui avaient besoin d'être discutées. Le mois dernier, ils m'avaient dit qu'un nouveau stop avait été installé dans la partie sud de la ville et de m'attendre à ce que beaucoup de personnes ne s'y arrêtent pas.

La réunion se passait dans la salle municipale de la bibliothèque et je fis signe de la main à Kaitlyn en y pénétrant. Je n'osai pas m'arrêter pour lui parler car elle verrait que j'étais contrariée et me ferait parler. La dernière chose que je voulais faire, c'était pleurer avant la réunion. Peu de gens y participaient, peut-être dix à vingt personnes sans compter le conseil, selon l'agenda.

Je fus surprise par ma mère et Mme Duke qui discutaient ensemble à l'intérieur de la salle polyvalente.

« Parker, chérie, je me suis dit que je l'allais passer te dire bonjour, dit maman. Je ne sais jamais où tu es, ces jours-ci. »

Je me penchai, fis la bise à ma mère, tout en prenant un instant pour me demander si elle voulait dire que j'étais occupée, ou bien que j'avais passé plus de temps dans la maison de plusieurs hommes que la mienne. Si elle se disait que je flottais sur un nuage de désir tout nouveau—et d'amour ?— depuis que j'avais emmené Honey chez le vétérinaire. Et cela fit vaciller mon cœur et chauffer mes joues. J'avais oublié ce qu'avait fait Poe pendant une minute.

« Je suis contente que tu sois là, » répondis-je.

Maman avait cinquante-cinq ans et je lui ressemblais beaucoup, sauf qu'elle mesurait un mètre soixante-quatre et était fine. J'étais grande à cause de mon père, même si je n'avais ne l'avais vu qu'en photos car il était mort dans un accident du travail trois mois avant ma naissance. Elle souriait constamment et disait toujours des choses gentilles sur les gens. Je me demandais tout le temps pourquoi elle ne s'était pas remariée, mais je n'insistais jamais. Elle était impliquée dans tant d'activités dans la ville—elle faisait partie d'une équipe de bowling, elle enseignait le catéchisme et elle apprenait même le français —qu'elle semblait satisfaite.

« J'ai parlé avec Ava Carter et je commence lundi au Seed and Feed. » Elle eut un sourire éclatant, de toute évidence ravie pour son nouveau travail.

« C'est génial. » Et ça l'était vraiment. Un patron compréhensif était important dorénavant, surtout si elle avait des rendez-vous chez le médecin ou besoin de se reposer à cause de son niveau en glucose.

« Je ne sais rien de l'alimentation pour animaux ni de leurs machines, mais je vais probablement m'en sortir si j'ai réussi à le faire pour les dents et dentiers. »

Mme Duke rit, ce qui fit se balancer ses cheveux qui lui arrivaient au menton. Elle était très bronzée après sa croisière. « Dottie, c'est un nouveau départ pour toi. Je n'aime pas dire du mal des gens, mais je pense que ne pas voir Roger Beirstad tous les jours sera un formidable changement. »

Gus et moi étions peut-être partis à l'université et ne nous étions peut-être pas parlés pendant dix ans, mais maman et Mme Duke étaient restées en contact et s'appréciaient beaucoup, même si elles n'étaient peut-être pas très proches.

Maman rit. « Tu as raison. Je me sens... Libérée. »

Mme Duke avait toujours été très gentille avec moi. Bon, elle était gentille avec tout le monde. Je me rappelais avoir été la fille anxieuse qui était sortie avec Gus et Mme Duke m'avait toujours inclus dans la famille. Elle m'avait invité à rester dîner et une fois m'avait emmené avec elle et Julia faire une manucure. « Ava est un ange et Colton et Tucker seront rassurés de savoir qu'elle n'aura pas à conduire cette partie de la route entre le ranch et la ville quand la neige commencera à tomber. Tu seras un atout pour eux tous.

- C'est bien qu'ils la protègent autant, ajouta maman.

- Tous mes garçons sont comme cela. » Mme Duke se tourna vers moi, les sourcils gris relevés. « Ils tiennent ça de leur père. Cela part d'un bon sentiment, mais parfois on a envie de les étrangler. Gus était comme cela quand il était plus jeune, n'est-ce pas, Parker ? »

Je hochai la tête. Gus avait été possessif et autoritaire même à dix-huit ans. « Oui, madame.

- Et aujourd'hui ? » demanda-t-elle avec insistance.

Je jetai un œil à ma mère, qui me regardait avec enthousiasme. Elle savait pour Gus, Poe et Kemp, mais voulait que je leur confirme. Je n'étais pas certaine si Gus avait dit à sa mère que nous étions ensemble ou si le téléphone arabe de notre petite ville avait fait passer le message. De toute manière, je ne pouvais pas le nier. Les deux fils plus âgés de Mme Duke étaient dans des relations où deux hommes revendiquaient une femme. Ce n'était pas comme si elle serait choquée d'apprendre que j'étais avec Gus, Poe et Kemp. Et ma mère ne mettait pas la tête dans le sable. Cela serait peut-être un peu bizarre pour elle de se faire à l'idée que sa fille était avec *trois mecs*, mais je savais qu'elle voulait que je sois heureuse. Un homme ou trois, elle était probablement excitée d'avoir des petits-enfants, tout comme Mme Duke. Je n'étais pas prête à leur en donner, mais je faisais un pas dans la bonne direction.

« Encore plus, » répondis-je.

Elles firent toutes les deux un grand sourire et maman me serra fort dans ses bras. « Oh, chérie, je suis si heureuse pour toi. Ils sont tous les trois très beaux. Et attentionnés. Ils ont fait du porte à porte en mars dernier, lorsqu'il y a eu cet grande tempête de neige, et ont vérifié que tout le monde avait de l'électricité et du chauffage.

- Ils sont aussi autoritaires, ajouta Mme Duke. Prépare-toi à camper sur tes positions. »

Les membres du conseil s'installèrent sur leurs chaises au devant de la salle. Mme Duke me tapota le bras et dit, « Je suis contente que tu fasses à nouveau partie de la famille. »

Je la regardai s'éloigner, puis m'assis à côté de ma mère tandis que la réunion débutait.

Je ne portai pas attention à ce qu'il passait, à la place je rejouai ce qu'avait dit Poe dans ma tête. Même maintenant, des heures plus tard, je sentais mes joues devenir rouge de gêne car les hommes du magasin d'extérieur savaient que Poe me mettait des fessées, et pas pour s'amuser. Bon, pas *que* pour s'amuser. Il m'avait fait passer pour une personne qui ne pouvait pas être autonome, qui avait besoin que quelqu'un la contrôle car elle était déchaînée et peut-être même dangereuse pour elle-même. Il s'était servi de mes désirs les plus obscènes contre moi, et c'était ce qui me faisait mal. Ce qui me rendait honteuse.

Je leur avais donné... *Lui* avais donné ma confiance, lui avais confié la partie la plus secrète, et il avait tout dénigré.

J'aimais qu'ils soient tous les trois possessifs, savoir qu'ils me protégeraient. Avec eux, j'avais l'impression de faire trente centimètres et vingt-cinq kilogrammes de moins, comme une femme délicate qui avait des hommes préhistoriques qui veillaient sur elle. Je me sentais féminine dans un monde—et un travail—qui me faisait me ressentir le contraire. Poe avait été clair sur ce qu'il pensait de mon travail. Il détestait que je sois shérif. Même si *c'était* gentil qu'il eût parlé à Porter Duke au sujet d'un travail, il l'avait fait pour une mauvaise raison.

De toute évidence, Porter n'avait rien dit à Poe sur le fait que j'allais commencer mon travail au bureau du procureur en novembre. Ce n'était pas à lui de le dire et je le respectais pour cela. J'aurais pu le leur dire à n'importe quel moment que je n'allais pas proposer mon nom pour le poste de shérif, mais nous avions été trop occupés pour parler.

Désormais, j'étais heureuse de ne pas leur avoir dit, car les vrais sentiments de Poe étaient ressortis. Je savais ce que j'étais pour lui et ce n'était pas son égal. Je n'étais pas la femme qui leur avait cédé mon contrôle comme un cadeau. Il l'avait pris et s'en était servi comme arme contre moi.

« Shérif Drew, dit l'un des membres du conseil. Votre rapport, s'il vous plaît. »

Je me levai, mais ne me déplaçai pas au devant de la salle. Elle était assez petite pour que tout le monde puisse me voir et m'entendre assez de là où je me tenais. Je m'étais préparée ce matin pour la réunion et lus les notes que je sortis de ma poche. Cela prit seulement quelques minutes pour tout couvrir et je me rassis.

Ma mère me tapota le bras, se pencha vers moi puis chuchota, « Je suis si fière de toi. »

A cause de ses mots gentils, je faillis ne pas entendre quelqu'un dire, « J'aimerais m'adresser au conseil au sujet de la shérif. »

Quelques personnes firent des messes basses tandis que Mark Beirstad se leva. Je pris une profonde inspiration, puis expirai lentement. Maman me prit la main et la serra. Je lui jetai un regard rapide et vis qu'elle avait la mâchoire serrée. Elle en voulait toujours au frère de Mark —son patron—pour ce qu'il lui avait fait et était assez intelligente pour assembler le puzzle. J'étais la pièce manquante.

Mark avait la trentaine, ainsi qu'une calvitie qui s'aggravait plus vite qu'il ne pouvait faire pousser une mèche rabattue. Son ventre dépassait sur une grande boucle de ceinture qui indiquait qu'il avait remporté quelques concours de rodéo plusieurs années auparavant. Il gérait le silo à céréales du coin et était pressé de devenir shérif. Il saisissait souvent des moments comme celui-ci pour partager ses impressions sur quelque chose, ou quelqu'un, dans la communauté qu'il n'aimait pas. Il aimait faire l'intéressant, même à petite échelle. Le fait qu'il avait l'attention de tout le monde lui fit caler ses épaules en arrière et faire le beau comme un paon. Ou plutôt comme un con.

« Un shérif est un fonctionnaire, quelqu'un qui sert la communauté. Lui, ou *elle*, est un représentant de la ville. »

Maman soupira lorsqu'il appuya de façon flagrante sur le fait de mettre le pronom de mon sexe comme optionnel.

« Mark, nous sommes tous conscients du rôle du shérif et qu'*elle* sert la communauté, » répondit le maire. Il avait la cinquantaine, était apprécié par la grande majorité des habitants. Il était facile de travailler avec lui, ce qui expliquait pourquoi il en était à son troisième terme.

« Oui, mais il a été découvert que désormais, elle fréquente trois hommes. »

Beirstad me fixait avec insistance. Je relevai le menton et le fixai tout aussi intensément. On m'avait fait avoir honte une fois aujourd'hui. Cela n'arriverait pas à nouveau.

« S'ébattre d'une telle manière n'est pas l'exemple que nous voulons donner à nos enfants. Je demande à ce qu'elle soit renvoyée et remplacée. »

Tout le monde se mit à chuchoter dans la pièce et le maire leva les mains. Tout le monde se tut.

« Les problèmes avec les employés du comté doivent être communiqués aux ressources humaines, répondit le maire. Et non pas exposés lors d'une réunion du conseil. Toute violation du contrat de travail est examinée par les personnes responsables. *Confidentiellement.* »

J'avais une arme. Ainsi qu'un Taser. Je pourrais traverser la pièce en quelques pas et obliger Mark à s'agiter dans tous les sens sur sol pendant qu'il s'urinerait dessus. Je pourrais me lever et dire quelque chose, que ce que Mark avait dit était vrai. J'avais une relation amoureuse avec trois hommes. Je n'en avais pas honte. Je ne savais pas du tout ce que j'allais faire avec Poe, si je pourrais continuer à être impliquée avec lui. Si qui j'étais était trop pour lui. Mais j'*avais* été avec eux. C'était un fait et je ne pouvais pas changer le passé, je ne le voulais pas non plus.

« Les ressources humaines n'ont aucun contrôle sur les élections, rétorqua Mark. J'exige un vote pour que son nom soit retiré du scrutin. »

Les membres du conseil se regardèrent les uns et les autres à plusieurs reprises. Le maire resta silencieux, laissa les paroles de Mark peser lourdement dans l'air. Je jetai un œil vers Mme Duke. Oh, elle ne regardait pas Mark, c'était certain.

« Permettez-moi de répéter haut et fort, commença à dire le maire en regardant la secrétaire, qui hocha la tête. Mark Beirstad a un problème avec les performances de la shérif Drew. Il demande à ce que son nom soit retiré du scrutin de novembre pour le poste.

- C'est exact, confirma Mark en hochant une fois la tête.

- Vous êtes au courant que la shérif a une relation avec l'un des fils de Mme Duke, » reprit le maire. De toute évidence, tout le monde connaissait ma vie amoureuse. « M. Beirstad, y a-t-il une raison pour laquelle vous ne vous plaignez pas des performances de Mme Duke en tant que membre du conseil ? Non seulement Gus Duke *s'ébat* avec la shérif, mais ses deux autres fils ont des relations plus ou moins similaires. »

Mme Duke resta silencieuse et fit plier du regard Mark.

Il eut le bon goût de rougir, mais c'était sûrement parce qu'il était colère et non pas gêné.

« De plus, continua le maire. La mère de la shérif est assise juste à côté d'elle. Je pense que ces deux femmes le feraient savoir, peut-être plus que vous, si elles avaient un soucis avec les actions de la shérif. »

Personne ne dit rien.

« Les habitants de Raines peuvent se faire leur propre opinion de la shérif en se basant sur ses performances professionnelles des derniers mois. La même chose ne peut pas être dite de vous, Mark. Cependant, ils peuvent et vont se faire une opinion de vous en se basant sur vos commentaires de ce soir. »

Beirstad leva les mains en l'air. « Enfin, M. le maire, ce n'est pas de moi dont il s'agit. Il s'agit du scrutin pour les élections et d'avoir les bons noms inscrits dessus.

- Je n'étais pas au courant, M. Beirstad, dit Mme Duke. Que le nom de la shérif Drew était sur le scrutin. »

Le maire hocha la tête. « Lors de sa première journée de travail, la shérif Drew a été très claire sur le fait qu'elle n'était qu'une suppléante et qu'elle ne se présenterait pas aux élections.

- Quoi ? » dit Mark en se tournant vers moi. Ses yeux semblaient appartenir à un personnage de bande dessinée, ils ressortaient de sa tête. De toute évidence, il n'avait pas été au courant. « Tu n'es pas candidate pour le poste ? Pourquoi n'as-tu rien dit ?

- Pourquoi est-ce qu'elle aurait dû le dire ? »

Tout le monde se tourna vers l'autre côté de la pièce tandis que Liam Hogan—le fils du précédent shérif—parlait. Il était debout, chapeau à la main et les cheveux peignés avec soin. Il portait un jean et des bottes robustes, une chemise blanche avec les manches retroussées qui laissaient voir ses bras musclés. Il aidait à gérer le petit ranch familial et était adjoint à temps partiel. Il avait les yeux rivés sur moi. Il ne me regardait pas comme Gus, Kemp ou Poe. Il n'y avait aucune flamme. Du respect, mais c'était purement professionnel.

Liam avait deux ou trois ans de plus que moi. Je me souvenais de lui quand nous avions été jeunes, mais nous n'avions pas eu les mêmes groupes d'amis. J'étais certaine que son père lui manquait ; il avait été un bon shérif et cela serait un honneur pour Liam de suivre ses pas en tant que shérif. Il avait mon vote, non pas parce que je ne voulais pas que Beirstad s'approche d'une position de pouvoir... ou d'une arme à feu, mais parce qu'il était l'homme qu'il fallait pour le poste.

« Laisse Parker Drew tranquille, Mark, continua Liam. Sa vie personnelle n'est que ça, *personnelle*. Elle est plus qualifiée pour le poste de shérif que n'importe lequel d'entre nous. Si Raines avait de la chance, elle ajouterait son nom au scrutin. »

Mon portable vibra et je jetai un œil à l'écran. Pam, la régulatrice, savait qu'elle pouvait m'envoyer un message pour les choses importantes, mais pas pour les vraies urgences. Pour celles-là, la radio se trouvant à ma hanche biperait.

Pam : *Poe a été arrêté. Tu devrais venir à la station.*

Je lus le court message deux fois. Mon cœur s'arrêta. Qu'avait fait Poe ?

A cet instant, je me levai. Je ne pensais plus du tout à la réunion et je n'avais pas de temps à perdre avec Beirstad. « Merci Liam. Cela me réchauffe le cœur de t'entendre dire cela. Ton père était un bon exemple à suivre. » Je regardai les membres du conseil se trouvant au devant de la salle. « M. le maire, si vous n'avez plus besoin de moi, je vais vous laisser terminer la réunion et je vais retourner au travail. »

Le maire hocha la tête et je jetai un coup d'œil rapide vers Mme Duke. Elle avait l'air à la fois furieuse et pensive.

J'étais certaine qu'elle voulait dire quelque chose à Mark, mais elle était trop bien polie pour ça.

« Tu n'as rien à dire pour toi ? Pour tes actions ? me demanda Mark, secouant légèrement la tête comme s'il grondait un bambin.

- Cette réunion n'aura servi qu'à montrer *tes* actions, Mark, » répondis-je. Je refusais de m'abaisser à son niveau, de discuter avec lui. C'était ce qu'il voulait, mais je n'avais rien à dire. Je n'avais absolument aucune *raison* de lui parler. « Elles sont plus évocatrices que tout ce que je pourrais dire. »

Je hochai la tête en direction du conseil et me retournai. Là, adossés au mur juste après la porte, se tenaient Kemp et Gus. Honey se tenaient entre eux. Sa langue pendait dehors et elle avait l'air de me sourire.

Bon sang, qu'ils étaient beaux. Ils étaient grands, musclés et tellement attirants. Des cowboys pur jus. Je les désirais, voulais marcher jusqu'à eux, qu'ils me prennent dans leurs bras et ne me lâchent jamais. J'avais l'habitude de faire face à des petits cons comme Mark. Mais je n'avais pas à le faire seule. Je ne voulais pas. Mais quelque chose me manquait. *Quelqu'un.*

Poe.

Et il était dans ma prison.

14

ARKER

Je m'arrêtai une fois que nous étions sur le trottoir en face de la bibliothèque. Le soleil venait de se coucher et l'air était plus frais, un soupçon d'automne se laissant sentir. Maman nous avait rejoint, elle était penchée vers Honey et la caressait derrière l'oreille. La chienne avait les yeux fermés comme si elle était au paradis.

« Je rencontre enfin le nouveau chien. Et les nouveaux hommes, dit maman. Bon, Gus. Toi, tu n'es pas si nouveau, pas vrai ? »

Gus rit. « Vieux *et* nouveau. Cela fait plaisir de vous revoir, Mme Drew, répondit-il, prenant sa main et l'embrassant sur la joue.

- Voici Kemp, » dis-je en posant une main sur son avant-bras. Sa peau était chaude sous ma paume et ses muscles fermes, ce qui me rappelait à quel point il était fort et intense.

« Madame, répondit-il dans sa voix grave qui faisait tomber les culottes, lui offrant un sourire et un hochement de tête.

- Il en manque un, déclara maman.
- Oui, nous allons voir Poe tout de suite, » lui dis-je. Je n'allais pas lui dire qu'il était en prison. Je n'étais pas certaine de si cela serait permanent ou non.

« Cela vous dirait de vous joindre à nous pour le dîner du dimanche ? demanda Gus. C'est une tradition dans la famille Duke et c'est à mon tour de l'organiser. »

Maman sourit. « Avec plaisir. » Elle nous regarda tous les trois. « Je demanderai l'adresse à Parker.

- Permettez-moi de vous raccompagner jusqu'à votre voiture, » lui proposa Kemp.

Elle leva une main en l'air. « Pas besoin. Elle est juste là. » Elle pointa du doigt la rue et je vis sa berline garée derrière quatre autres voitures.

Je la pris dans mes bras puis elle s'en alla. Contre toute attente, Honey la suivit. Maman s'arrêta dans ses pas et regarda par terre, puis vers nous. Honey la regardait avec adoration.

« Elle peut t'accompagner, » dis-je. Honey me regarda, puis regarda à nouveau maman tout en restant à ses côtés.

- C'est ta chienne, répliqua-t-elle en souriant à Honey et en la caressant encore.
- Je n'en suis pas si sûre.
- Je l'amènerai à la station demain. »

Gus me serra dans ses bras une fois qu'Honey et elle furent dans la voiture et s'en allèrent.

« Est-ce que tu vas bien ? »

Je fronçai les sourcils tandis que ma joue était contre son épaule. Il sentait bon et il me faisait du bien. Il était robuste. Fiable. « Tu veux dire, après ce que Poe a fait ?

- Ca, aussi, » dit Kemp. « Mais après ce qu'il s'est passé là-dedans. » Il inclina la tête vers la bibliothèque.

- Beirstad ne me dérange pas.

- Pourquoi est-ce que tu ne nous as pas dit que tu n'étais pas candidate pour le poste de shérif ? » demanda-t-il.

Je fis un pas en arrière et haussai les épaules, bien que j'aurais voulu rester dans les bras de Gus. « Le sujet n'a jamais été mis sur la table. Cela ne fait même pas une semaine, Kemp. Enfin, je sais que tes parents sont dans le Minnesota, mais je ne sais même pas si tu as des frères et sœurs. »

Il hocha la tête. « C'est vrai.

- Et pour honnête, vous ne m'avez jamais posé la question.

- Je crois que quelqu'un manque à cette conversation. Allons voir Poe, répliqua Gus.

- Il a merdé, bébé, » ajouta Kemp. J'étais certaine qu'ils en avaient tous les trois parlé après que j'étais partie plus tôt.

Je soupirai, me remémorai ce que Poe avait dit. *Ne sois pas insolente, chérie, ou bien tu finiras sur mon genou pendant que je te mettrais une fessée en moins de temps que tu n'as mis à faire tomber ce salaud.*

Il avait dit cela parce qu'il avait été en colère, émotif, même si les paroles dites sous le coup de l'émotion offraient souvent une vision profonde des choses. Et ce n'était pas tout. Il avait agi dans mon dos et m'avait trouvé un travail. Un travail *sûr*. « Ouais, eh bien, je crois qu'il a encore merdé. »

Quand ils me fixèrent avec confusion, j'ajoutai, « Il a été arrêté. »

POE

Je m'étais juré de ne plus jamais me retrouver derrière les barreaux, après être sorti de la prison pour mineurs. Je n'oublierais jamais à quel point je m'étais senti claustrophobe quand j'avais été emprisonné. Je me réveillais encore la nuit à cause de cela. Mais je l'avais fait pour Parker. Je devais la voir, lui faire savoir à quel point j'étais désolé. A quel point j'avais tout gâché.

Je ne pouvais pas la laisser s'en aller. Était-ce stupide de ma part ? Peut-être. Désespéré ? Assurément.

Elle était la meilleure chose qui me soit arrivé de toute ma vie. Sans aucune hésitation. De toute évidence, je ne la méritais pas, étant donné que j'étais à nouveau assis derrière les barreaux. Cela ne faisait même pas une semaine, mais mon cœur lui appartenait. Tout ce que nous avions partagé, au lit et en dehors, représentait la relation amoureuse la plus intime et intense que j'avais jamais eu. Et la partager avec Kemp et Poe... Putain, cela faisait de nous une famille.

Je voulais une famille. J'en désirais une plus que tout. Et pourtant, j'avais tout gâché avant même que nous ayons commencé. Mon passé et mes complexes pointaient le bout de leur nez et désormais, elle me détestait. J'avais le sentiment qu'elle me pardonnerait d'avoir discuté avec Porter—elle savait que j'étais un sale con protecteur—mais ce que j'avais dit était bien pire.

Je m'étais servi de sa soumission contre elle. J'avais manqué de respect à celle-ci. Lui avait manqué de respect à *elle*. Je l'avais couvert de honte. J'avais fait de qu'elle nous avait donné à tous les trois, de bon cœur et avec une confiance aveugle, quelque chose de gênant.

Sa soumission était une chose magnifique. Cela me faisait avoir des érections pour elle, mais aussi l'aimer. Profondément.

Et j'avais pris sa confiance et l'avais détruite.

Je me levai et fis les cent pas dans la petite cellule. J'avais le sentiment d'être un animal dans une cage, pas à cause des barreaux, mais à cause de mes sentiments. Je voulais m'arracher la peau, hurler ma frustration. Je n'avais qu'à espérer qu'elle serait clémente et indulgente. J'espérais qu'elle donnerait une seconde chance à quelqu'un d'aussi déboussolé que moi.

Je ne la méritais pas, mais je la voulais. J'en avais *besoin*.

J'avais donc parlé à Liam Hogan. Nous étions amis depuis un moment, participions tous les deux à un tournoi de poker mensuel. Il m'avait dit où il était et j'avais conduit mon pick-up à cent-quarante dans une zone à quatre-vingt-dix kilomètre/heure juste devant ses yeux. Il n'avait pas eu d'autres choix que de me faire me ranger sur le côté. Je lui avais dit qu'il devait me mettre derrière les barreaux. Il n'avait offert que de me donner un amende, mais je l'avais menacé en lui disant que, si c'était ce qu'il fallait faire, je lui casserais le nez afin d'être accusé d'avoir agressé un officier.

Je lui avais expliqué qu'il fallait que je me retrouve en face de Parker. Par chance, il avait compris d'une certaine manière que j'étais fou de la shérif—et en défaveur. Il était aussi assez intelligent pour comprendre que je ferais tout ce qu'il fallait avec Parker et était heureux de ne pas se faire blesser au visage. De ce fait, il avait ouvert la porte arrière de la voiture de police comme s'il était un chauffeur et j'étais monté dedans.

Et enfin, deux heures plus tard, Parker arrivait. Gus et Kemp la suivaient, mais ils s'adossèrent au mur en béton et croisèrent les bras. Ils allaient écouter, mais je voyais clairement qu'ils n'allaient pas s'impliquer. Ils avaient raison, c'était à moi d'arranger les choses. C'était de ma faute.

Elle se tenait devant les barreaux et était parfaite. Elle était canon. Mais ses yeux n'avaient pas cette lueur de femme féroce et forte à laquelle j'étais habitué.

Il y avait de la méfiance en eux. Et Ils étaient vides. Tout cela, à cause de moi.

« Je suis désolé, » lui dis-je.

Ses sourcils bruns se relevèrent mais elle ne dit rien. Elle posa ses mains sur sa ceinture de fonction et y inséra ses doigts.

« Je t'avais dit que j'étais protecteur. » Je me déplaçai afin d'être juste devant elle, agrippai les barreaux. « Possessif. Je t'avais prévenu.

- Tu ne peux pas rejeter la faute sur moi, » rétorqua-t-elle.

Je soupirai. « Je merde encore. Mais désormais, tu sais à quel point chérie. Je n'aurais pas dû aller parler à Porter pour un travail. J'ai eu tort. Tu n'as pas besoin de moi, tu es intelligente et compétente. Mais j'ai du mal à me faire à l'idée que la femme que j'aime pourrait se faire blesser. Ou pire encore. »

Elle était bouche bée et se contenta de me fixer.

« Oui. Que j'aime. Il y a tellement de femmes qui ont des maris qui sont policiers ou shérifs ou quelque chose dans le genre et qui ont du mal à accepter la possibilité qu'ils puissent ne pas rentrer chez eux après leur service. Certaines y font face, d'autres non. Moi, j'essaie. Je *vais* essayer. »

Elle hocha la tête mais ne dit rien.

Je pris une profonde inspiration puis expirai. « Mais l'autre chose. Je suis sûr qu'elle t'a blessé encore plus. Tu m'as donné quelque chose de précieux et je... Je... Merde. »

Ses yeux se remplirent de larmes et je tendis le bras hors des barreaux pour en essuyer une. « Ta soumission est parfaite. Magnifique. Je n'aurais jamais, jamais, dû te la jeter au visage. Si tu me donnes une seconde chance, je te promets, je te fais le serment, de faire tout ce qui est en mon pouvoir pour regagner ta confiance.

- Je vais prendre un travail avec Porter Duke au bureau du procureur, » dit-elle.

Elle n'avait pas bougé, m'avait laissé caresser la peau soyeuse de sa joue avec mon pouce.

« Non. Je ne te laisserai pas faire. Tu es la shérif et tu ne devrais pas tout abandonner parce que l'un de tes mecs est un idiot.

- Tu es un idiot, dit-elle, du même avis. Mais je ne prends pas le travail à cause de toi. Nous avons tout arrangé cet été. Mon contract stipule que ce n'est que temporaire. Porter m'attend pour commencer après les élections.

- Mais qu'en est-il—

- Elle n'a jamais mis son nom sur le scrutin, » dit Kemp en s'approchant de nous.

Je le regardai, puis Parker. « Tu n'as jamais—»

Elle secoua la tête.

« Pourquoi est-ce que tu n'as rien dit ? »

Elle haussa les épaules. « Parce que personne ne m'a jamais posé la question. »

Putain, je n'aurais jamais agi comme un fou si j'avais su que son travail était temporaire. « Je suis content que cela n'a pas été le cas, admis-je. J'ai tout fait merder à cause de ça, mais maintenant tu vois qui je suis. Et je sais qui tu es. Tu es indépendante, forte, courageuse. Je ne peux pas étouffer cela parce que c'est ce que j'aime chez toi. »

Elle se pencha en avant et nous nous embrassâmes, nos fronts collés l'un à l'autre entre des barreaux.

Oh, la sensation douce de ses lèvres. La sensation de mon cœur qui s'ouvrait et qui laissait Parker s'installer à l'intérieur.

Elle prit la clé qui ouvrait la cellule se trouvant sur sa ceinture.

« Réfléchis-y à deux fois avant de le laisser sortir, pixie, dit Gus. Il est complètement à ta merci. »

Je souris, mais gardai les yeux rivés sur Parker. « Je suis à ta merci, chérie, derrière les barreaux et en dehors. Je n'ai qu'une seule question. »

Elle leva un sourcil et attendit.

« Quand tu ne seras plus shérif, est-ce que tu pourras garder les menottes ? »

15

ARKER

Il s'avérait que l'amour était clément. J'aimais que Poe se soit en quelque sorte fait arrêter pour pouvoir s'excuser. J'aurais dû leur parler de mon travail. Nous aurions évité tant de peines de cœur. Poe n'aurait pas ressassé des souvenirs terribles. Mais l'amour était dur. Les vérités avaient besoin d'être partagées, les peurs admises pour qu'une relation puisse durer. L'amour était aussi une histoire de confiance.

Poe avait pris la mienne, mais je la lui donnerais à nouveau. Je ne savais pas vraiment comment je le ferais. Je savais que nous étions tous les quatre en phase surtout lorsque nous étions nus, quand il n'y avait rien entre nous— pas de travail, de famille ou d'enfoirés comme Mark Beirstad.

J'avais donc libéré Poe de prison et ils m'avaient ramené à la maison. Chez *eux*. Et je les avais laissés me déshabiller, me vêtements en tas à mes pieds. Nous n'avions pas dit un mot. Apparemment, nous n'avions plus rien à dire. Mais nous n'avions pas *besoin* de dire quoi que ce soit.

Il se tinrent devant moi dans la chambre de Kemp, leurs regards enflammés posés sur moi. Ils attendaient.

Que voulais-je ? De quoi avais-je besoin ?

D'eux.

« Je vous aime, » dis-je.

C'était vrai. Je les aimais tous les trois.

« Cela s'est passé si vite. Avec tant d'intensité. Je n'aurais jamais pensé... Eh bien, je n'aurais jamais pensé qu'un homme voudrait d'une Amazone comme moi. De mon travail. De *moi*.

- Pixie, je n'aime pas t'entendre parler mal de toi-même, » commenta Gus.

Je hochai légèrement la tête. « Je sais, mais c'est la vérité.

- Nous te voulons, dit Kemp. Est-ce que tu as douté de cela ?

- Non. » Je les regardai tous les trois.

Gus. Gus que je connaissais. Joyeux et gentil. Drôle et mon premier amour.

Kemp. Autoritaire et calme. Concentré et attentif. Il voyait tout, savait des choses sur moi que j'ignorais. Il me poussait à être... plus.

Et Poe. Si grand, si fragile. Intense. Féroce et ridiculement loyal.

Ils me voulaient. *Moi*.

« Est-ce que nous pouvons t'aimer ? demanda Gus. Nous t'embrasserons et te toucherons. Nous te caresserons et te ferons jouir. »

Cela semblait génial et le bout de seins durcirent en pensant à leurs mains sur mon corps. Mais c'était doux. Trop doux.

Je secouai la tête. « Ce n'est pas ce que je veux. Ce que je... Ce qu'il me faut. »

Je jetai un œil vers Kemp. Il plissa les yeux et c'était comme si, juste devant mes yeux, il était devenu plus grand, plus autoritaire. Plus sombre, alors qu'il était celui avec les cheveux blonds et la peau pâle.

« Qu'est-ce qu'il te faut, bébé ? Dis-le-nous.

- Vous. »

KEMP

Ses mamelons durcirent encore plus bien que cela paraisse impossible. Merde, elle était magnifique. Ses hanches rondes, sa poitrine généreuse, sa chatte nue et je pouvais voir son clitoris gonflé et impatient de nous recevoir d'ici. Elle tremblait, mais je savais qu'elle n'avait pas froid.

Elle avait admis son besoin de se soumettre auparavant. Mais c'était différent, cette fois.

Poe avait tout dévoilé, il lui avait montré ses émotions vives comme des plaies ouvertes. Son cœur. J'avais le sentiment que Parker s'occuperait de ses blessures, qu'elle les soignerait.

Elle avait besoin de quelque chose de nous trois. Elle avait besoin de l'amour de longue date de Gus. De sa familiarité. Elle avait évidemment besoin de ma domination. Je la voyais de certaines façons que Gus et Poe ne voyaient pas. Et Poe. Elle avait besoin de sa protection, de sa férocité. Gus et moi ne laisserions rien lui arriver, c'était hors de question, mais il lui donnait cette place dans laquelle elle n'avait pas à être féroce et téméraire. Il porterait ces fardeaux pour elle. Il les garderait en sécurité, et elle, aussi.

Et son corps et ses désirs nous appartenaient aussi. Elle n'avait qu'à nous les donner à nouveau.

Je secouai la tête. « Est-ce que tu as besoin de t'agenouiller devant nous et de sucer nos queues ? »

Elle prit une inspiration saccadée, ses seins se balançant. « Oui.

- As-tu besoin de t'allonger sur le lit, d'écarter les jambes et de nous laisser dévorer ta chatte ?

- Oh, que oui.

- As-tu besoin que nous t'attachions, que nous te tenions en place et que nous te donnions du plaisir ?

- Kemp, gémit-elle.

- De quoi as-tu besoin, bébé ? »

Elle se lécha les lèvres. « De vous trois.

- Ensemble ? » demanda Gus.

Elle hocha la tête, puis elle se souvint qu'elle devait le dire à voix haute. « Oui.

- Dans ce cas, tu m'auras dans ta chatte, » dit Poe. Il n'avait pas encore parlé, avait attendu avec prudence. J'étais content d'entendre enfin sa voix, car elle serait celle qui donnerait son consentement.

« Je serai dans ta bouche, » lui dis-je. Merde, j'adorais sentir ses lèvres chaudes me sucer.

- Et je serai dans ton cul, ajouta Gus. Je n'y suis jamais entré auparavant. Il est temps que cela change. »

Elle déplaça sa main vers l'intérieur de ses cuisses et se toucha.

« Putain, chérie. Tu as besoin de nos queues, n'est-ce pas ? demanda Poe en retirant sa chemise.

- S'il vous plaît, nous implora-t-elle.

- Oh, nous allons te donner ce que tu veux, bébé.

Et nous le ferions. Jusqu'à la fin de nos jours.

GUS

JE NE M'ÉTAIS jamais déshabillé aussi vite de ma vie. Notre femme était indulgente, généreuse et aimante.

Elle nous voulait en même temps. Elle voulait que nous la remplissions et que nous faisions d'elle un tout.

Bon sang, de qui me moquais-je ? C'était elle qui faisait de nous tous un ensemble.

Poe retira la couverture du lit de Kemp et laissa tomber son corps imposant au milieu de ce dernier, la tête sur l'oreiller. Il plia un doigt et Parker rampa sur le lit et se mit à califourchon sur lui. De là où je me tenais, je ne pouvais pas manquer à quel point elle mouillait. Sa peau était si pâle, si parfaite et soyeuse. Ses seins, si généreux, était pressés contre le torse nu de Poe tandis qu'elle l'embrassait.

Poe fut hésitant au départ, ne sachant pas s'il devait la toucher, mais il lui succomba rapidement, passant ses bras autour d'elle et la serrant de toutes ses forces.

Ouais, je savais ce qu'il ressentait.

Kemp ouvrit le tiroir de la table de chevet et en ressortit une bande de préservatifs et un flacon de lubrifiant.

« Tu n'as pas besoin de ça, » lui dit Parker quand Poe la laissa enfin reprendre son souffle.

Kemp fronça les sourcils. « Bébé, il est hors de question que l'un de nous pénètre ton cul sans lubrifiant. Nous ne ferons pas de mal. »

Elle leva les yeux au ciel en entendant Kemp et sourit, ce

pour quoi elle ne reçut qu'une légère fessée. « Je parlais des préservatifs. »

J'étais en train de monter sur le lit quand je m'immobilisai. Poe et Kemp, aussi.

« Que veux-tu dire ? demandai-je.

- Bon sang, ce n'est pas la peine d'avoir l'air aussi paniqué. Je ne veux pas d'un bébé ou de quoi que ce soit, du moins pour l'instant. Je prends la pilule et je n'ai aucune maladie. Je me suis juste dit que— »

Poe l'embrassa, déroba ce qu'elle allait dire d'autre. Je regardai Kemp et il grogna en retirant ses vêtements. Nous nous étions tous mis d'accord pour ne pas utiliser de préservatif avec une femme que lorsque nous trouverions La Bonne. Par « nous », je voulais Poe, Kemp et moi, mais aussi mes frères. Revendiquer une femme sans protection et la marquer avec nos spermes était réservé pour celle avec qui nous passerions notre vie.

Je le dis à Parker. « Pixie, si nous te prenons sans rien, cela sera pour toujours. »

Elle regarda par-dessus son épaule, les lèvres gonflées et luisantes après avoir embrassée Poe. « Je sais. »

Kemp remit les préservatifs dans le tiroir en les jetant, mais il me passa le lubrifiant.

« Est-ce que tu mouilles, chérie ? » demanda Poe. Parker sursauta lorsqu'il empoigna sa chatte. « Oh, que oui. Tu es trempée. C'est bien. Grimpe sur ma queue, dans ce cas. »

Elle se baissa sur lui tandis que je regardai la queue de Poe disparaitre à l'intérieur d'elle. Sans rien.

« Putain, grogna-t-il, ses mains tirant sur les draps. Je n'ai jamais ressenti quelque chose d'aussi bon. Vous devez la pénétrer, vous deux. »

Il n'eut pas besoin d'en dire plus. Parker se baisa en faisant plusieurs fois des mouvements du haut vers le bas tandis que j'ouvris le bouchon du lubrifiant, en versai un filet sur mes doigts et ensuite à l'intérieur de ses fesses écartées.

Elle poussa un cri de surprise, puis Poe la fit se baisser pour l'embrasser. Je saisis cette opportunité pour mettre du lubrifiant à l'intérieur d'elle, faisant pression sur son anneau tendu, mais je m'y glissai rapidement. Il était tendu, surtout avec Poe qui était déjà en elle. Mes couilles avaient un grand besoin de jouir, surtout avec la façon dont elle se resserrait sur mon doigt, puis deux.

Kemp mit un genou sur le lit. « Bébé, tu as trois trous et trois hommes. »

Elle releva la tête et regarda Kemp, mais elle dut le faire en passant outre sa queue. Elle fit un grand sourire.

« Oui, monsieur. »

Sa queue s'agita et elle prit appui sur ses mains pour l'avaler aussi profondément qu'elle le pouvait.

« Putain, » grogna-t-il.

J'étais sur le point de jouir, et je n'étais toujours pas entré en elle. Je glissai mes doigts hors d'elle, certain qu'elle était assez enduite et détendue. Je remis du lubrifiant sur ma paume et recouvris généreusement ma queue. Ce ne fut qu'à ce moment que Poe écarta davantage les jambes, ce qui fit que Parker était encore plus ouverte. Je m'alignai avec son entrée arrière et fis pression pour y pénétrer.

Elle gémit autour de la queue de Kemp et je continuai de m'insérer en elle. Elle allait toujours bien. Elle était tendue mais essayait de se relâcher. Elle respirait par le nez et Poe s'était immobilisé.

Je dépassai cet anneau rigide et fus à l'intérieur. Elle se contracta. Poe grogna, je mordis ma lèvre. Merde, elle était tellement serrée. Je m'insérai doucement en elle, allant et venant jusqu'à ce qu'elle me prenne totalement.

Kemp mit ses cheveux en arrière en les caressant. Il la couvrit d'éloges.

« Si parfaite. Tu es à nous, Parker Drew. Ton corps tout entier. Tu nous appartiens à tous les trois.

- Tu fais de nous une famille, dis-je, les dents serrées.

- Je t'aime, chérie. Mais les mecs, je ne vais pas tenir si vous ne bougez pas. »

Je gloussai en entendant cela et nous établîmes un rythme.

Poe soulevait les hanches quand je me retirais, la baisant dans des mouvements opposées. Kemp baisait sa bouche lentement pour lui permettre de reprendre son souffle. Ses yeux étaient fermés, ses joues rouges tandis qu'elle lâchait prise.

Je vis le moment où elle le fit, le sentis, car ses muscles se détendirent et elle commença à geindre et à gémir en ressentant le plaisir que cela provoquait.

C'était la soumission ultime. Pure, sale, brute.

Et il n'y eut pas de doute qu'elle était à nous lorsque nous jouîmes, d'abord Kemp dans sa gorge, puis moi au fond de ses fesses, et enfin Poe en marquant sa chatte.

Mais surtout, nous lui appartenions.

CONTENU SUPPLÉMENTAIRE

Pas d'inquiétude, les héros des mâles inoubliables reviennent bientôt ! Et devinez quoi ? Voici un petit bonus rien que pour vous. Pour découvrir laquelle des filles oubliées va faire son entrée... et un petit supplément d'amour pour Parker de la part de Gus, Kemp et Poe, inscrivez-vous à ma liste de diffusion. Un bonus spécial réservé à mes abonnés pour chaque livre de la série Des mâles inoubliables vous attend. En vous inscrivant, vous serez aussi informée dès la sortie de mes prochains romans (et vous recevrez un livre en cadeau... waouh !)

Comme toujours... merci d'apprécier mes livres et la chevauchée sauvage.

https://vanessavaleauthor.com/bulletin-francais/

OBTENEZ UN LIVRE GRATUIT !

ABONNEZ-VOUS À MA LISTE DE DIFFUSION POUR ÊTRE LE PREMIER À CONNAÎTRE LES NOUVEAUTÉS, LES LIVRES GRATUITS, LES PROMOTIONS ET AUTRES INFORMATIONS DE L'AUTEUR. ET OBTENEZ UN LIVRE GRATUIT LORS DE VOTRE INSCRIPTION !

livresromance.com

CONTACTER VANESSA VALE

Vous pouvez contacter Vanessa Vale via son site internet, sa page Facebook, son compte Instagram, et son profil Goodreads via les liens suivants :

Abonnez-vous à ma liste de lecteurs VIP français ici :
livresromance.com
Web :
https://vanessavaleauthor.com
Facebook :
https://www.facebook.com/vanessavaleauthor/
Instagram :
https://instagram.com/vanessa_vale_author
Goodreads :
https://www.goodreads.com/author/show/9835889.Vanessa_Vale

À PROPOS DE L'AUTEUR

Vanessa Vale vit aux États-Unis et elle est l'auteur de plus de 50 best-sellers romantiques et sexy, dont notamment sa populaire série de romans historiques Bridgewater et ses romances contemporaines érotiques mettant en vedette de mauvais garçons qui n'ont pas peur de dévoiler leurs sentiments. Quand elle n'écrit pas, Vanessa savoure la folie que constitue le fait d'élever deux garçons et tout en essayant de chercher à savoir combien de repas elle peut préparer avec une cocotte-minute. Même si elle n'est pas aussi experte en réseaux sociaux que ses enfants, elle aime interagir avec les lecteurs.

Tous les livres en Français:

https://vanessavaleauthor.com/book-categories/francais/

www.ingramcontent.com/pod-product-compliance
Lightning Source LLC
LaVergne TN
LVHW011833060526
838200LV00053B/3999